KB269000

潛魔劍仙

잠마검선

김현영 新무협 판타지 소설
FANTASTIC ORIENTAL HEROES

잠마검선 4

김현영 新무협 판타지 소설

초판 1쇄 찍은 날 § 2009년 6월 25일
초판 1쇄 펴낸 날 § 2009년 7월 1일

지은이 § 김현영
펴낸이 § 서경석

편집장 § 문혜영
편집 § 서지현

펴낸곳 § 도서출판 청어람
등록번호 § 제1081-1-89호
등록일자 § 1999. 5. 31
어람번호 § 제2-1771호

주소 § 경기도 부천시 원미구 심곡2동 163-2 서경B/D 3F (우) 420-822
전화 § 032-656-4452 팩스 § 032-656-4453
http://www.chungeoram.com
E-mail § eoram99@chollian.net

ⓒ 김현영, 2009

ISBN 978-89-251-1852-9 04810
ISBN 978-89-251-1775-1 (세트)

潛魔劍仙

잠마검선

4

정(正)은 무엇이고,
마(魔)는 무엇인가?

김현영 新무협 판타지 소설

FANTASTIC ORIENTAL HEROES

目次

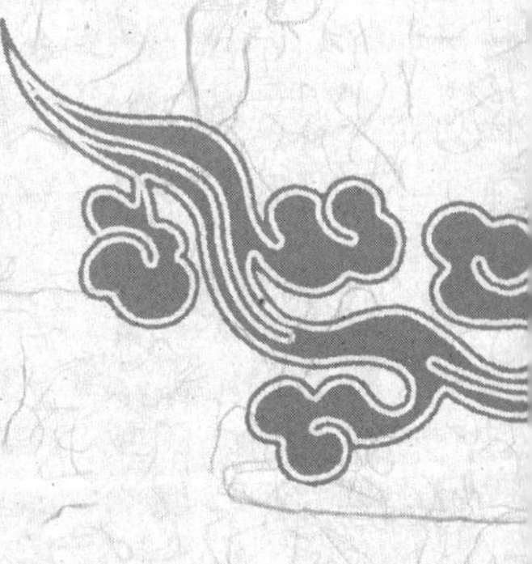

第一章

소요마선의 고민

潛魔
劍仙
잠마검선

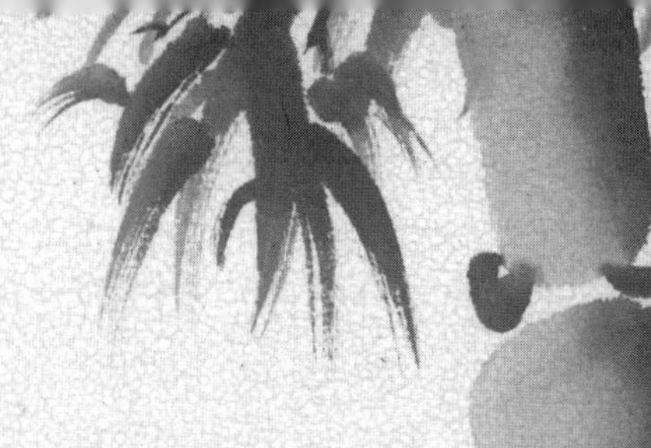

　잠마원은 어수선한 시간을 보내고 있었다. 그중 잠마원주의 고민은 이만저만한 것이 아니었다. 늘그막에 곱게 한올 한올 관리해 온 소중한 머리털이 모조리 빠져나갈 지경이었다.

　영호선이 살아 있다.

　잠마원을 빠져나갔다.

　잠마원 설립 이래 최초의 탈주자!

　벌써부터 원생들 사이에서는 영호선을 가리켜 잠마일혈, 혹은 잠마광혈이라는 말이 오가고 있었다.

　잠마일혈이란 최초의 탈주자라는 뜻이었고 광혈이란 놈이 미쳤기 때문이었다.

마곡으로 간 것일까? 아니면 형산으로?

마곡으로 갔다면 잡아오면 그만이지만 만약 형산으로 갔다면 문제가 복잡했다. 혈마환을 극복했다는 뜻이며, 형산까지 가서 놈을 제거해야 하는 수고가 곁들여지는 것이다.

그러나 정작 잠마원주의 뒷골을 사정없이 땡기는 실체는 영호선이 아니었다.

그것은 바로 영호선에게 어딘지 다정스레 '잘 가~' 라고 잠마원이 떠나갈 정도로 작별을 고한 대책없는 괴성이었다.

잠마원 내에서 한 번도 듣지 못한 목소리였고, 소리를 듣고도 목소리의 임자를 찾지 못한 것이다.

잠마원주 소요마선은 지하 암도 사층에서 용암을 내려다보고 있었다.

소린의 근원의 근원을 곧이 찾자면 이곳이 틀림없었다. 확인차 오조 수련생들을 닦달했을 때, 녀석들은 영호선을 확실히 밀어버렸다고 했고, 까마득히 용암으로 떨어져 가는 것도 두 눈으로 똑똑히 확인했다고 말했다.

"흐음, 알 수가 없군."

부글부글 끓어오르는 용암을 노려보긴 해도 좀처럼 답을 알 수가 없었다. 그래도 소요마선은 자리를 뜨지 못했다.

그 목소리!

무영마객 현원령을 외곽 수풀에 버려 버린 것이 틀림없는 그 목소리의 주인을 찾아 감히 잠마원을 우습게 여긴 대가를 톡톡히 가르쳐 줘야 한다. 이왕이면 다시는 소리를 지르지 못하도록 모가지를 돌려놓는 것도 좋은 방법이리라.

그러나 벌써 한 시진 가까이 흐르는 용암을 두 쪽으로 갈라 버릴 만큼 노려봐도 해답은 요원하기만 했다.

"웅?"

소요마선은 갑자기 눈을 부릅떴다.

지친 나머지 용암에서 막 시선을 돌리려던 순간이었다.

이글거리는 용암 위로 불쑥 여태까지 보지 못했던 새로운 뭔가가 보였다.

'뭐지? 암석?'

그러나 곧 그것이 어쩐지 사람이 쭈그려 앉아 있는 것처럼 보였다.

'사… 람?'

의문을 막 품을 때였다.

소요마선은 헉, 하고 헛바람을 들이켰다. 그 뭔가가 상상할 수 없는 속도로 다가오고 있었다. 인영의 크기가 순식간에 커졌다. 그것은 까마득한 밑바닥에서는 구슬처럼 작았지만 곧 큰 공처럼 커지더니 어느새 눈을 한 번 깜박일 시간 동안에 또렷한 사람의 형상이 되어 바로 눈앞에 이르렀다. 미처 몸을 뒤로 젖힐 틈조차 주지 않는 가공한 속도였다.

"누구?"

본능적으로 외친 것이 전부였다. 그 질문을 끝으로 잠마원주는 결코 내고 싶지 않은 소리를 토했다.

"케엑!"

당장 목이 막혀 호흡이 단절됐다. 믿기 싫고, 믿어지지도 않았지만 잠마원주는 자신이 목을 붙들렸다는 것을 인정할 수밖에 없었다. 그뿐 아니라 두 발이 들려 허공에 대롱대롱 매달린 것도.

"케엑! 켁!"

그야말로 눈을 한 번 깜박이는 시간 동안이었다.

용암이 부글거리고 있다.

한 인영이 나타났다.

인영이 솟구쳐 목을 움켜쥐었다.

허공에 대롱대롱 떠올랐다.

목뼈가 부러져 나갈 것같이 고통스럽다.

이 모든 것이 찰나에 일어난 것이었다.

목이 옥죄는 고통은 이것이 현실이라고 강력히 주장하고 있었다.

그러나 이대로 넋을 놓고 있을 순 없었다.

잠마원주는 두 손으로 상대의 손을 잡고 뜯어냈다. 그는 말 그대로 손이며 팔이며 잡히는 대로 뜯어버리려 했다.

단단한 화강암마저 두부를 뜯어내듯 할 수 있는 강력한 대수인!

근육과 신경을 뜯어내고, 뼈까지 닥치는 대로 땅바닥에 흩뿌려 버릴 참이었다.

하지만!

팔은 뜯어지지 않았다. 그건 도리어 화를 불러왔다.

퍼억!

인영이 놀고 있던 오른손을 날렸고, 그것은 정확히 소요마선의 얼굴을 강타했다.

"커헉……."

소요마선의 얼굴이 팽글 돌아갔다.

인영이 여전히 왼팔로 소요마선의 모가지를 쥐고 있었기에 소요마선의 두 팔과 두 다리가 공중에 뜬 채로 맥이 풀려 제멋대로 팔랑였다.

다시 한 번 힘을 모아보려 했지만 어찌 된 일인지 한 줌의 진기조차 종적을 감추고, 온몸이 물먹은 솜처럼 늘어질 뿐 말을 듣지 않았다.

얼굴이 돌아간 채로 소요마선은 이 어처구니없는 상황에 잠시 고민에 빠졌다.

'내가 누구지?'

스스로에게 물은 이 짧은 물음은 많은 의미의 답을 순식간에 깨닫게 해주었다.

마도십대고수 중 한 명!

그렇다. 마도십대고수!

아무나 십대고수의 칭호를 얻는 것이 아니다. 현 마도를 통틀어 열 손가락 안에 든다는 것이다. 그건 어딜 가서도 팰지언정 이렇게 팔랑이며 맞을 리 없다는 뜻이었다.

그런데 지금, 손 한 번 제대로 써보지 못하고 목을 잡힌 채 얼굴이 돌아가 버렸다.

이 짧은 순간에 잠마원주 소요마선은 얼마 전 반로환동한 천사성모에게 처맞은 기억을 떠올렸다. 육 개월이 채 지나지도 않았다. 그러니까 결국 마도의 십대고수가 육 개월 간격을 두고 제대로 힘 한 번 써보지 못하고 두 번이나 처맞는 상황에 직면한 것이다.

내가 누구인지는 알겠다. 그럼 이제 알아야 하는 것은 상대였다.

소요마선은 안간힘을 써서 얼굴을 돌렸다.

뚜두둑…….

눈에 들어온 인영은 자신과 연배가 비슷해 보인다. 한데 신경을 곧바로 거슬리게 하는 것이 있었다. 두 눈에 현기가 가득하고, 온몸으로 선기가 배어 나온다. 정녕 선풍도골의 표본을 대하는 기분이었다.

'제길, 정파의 전대 기인이로구나.'

재수가 없어도 이렇게 없을 수가 있단 말인가. 오늘 자칫하면 죽을 수도 있겠구나. 아니, 그런데 왜 정파의 전대 기인이 잠마원의 지하 암도에서 튀어나오는 건데?

그때였다.

"너 이 새끼! 왜 신경 쓰이게 자꾸 쳐다보는 거냐!"

인영의 말에 소요마선이 마른침을 삼켰다.

꿀꺽!

너무도 상반된 두 가지를 조합할 수 없어 소요마선은 순간 현기증이 났다.

선풍도골! 이 새끼?

'뭐, 뭐지……?'

얼마 전에는 마도의 원로가 반로환동을 해서 '나비야, 이리 와' 하며 팔랑팔랑 꽃밭을 뛰어다니더니 이번엔 정파의 선풍도골의 기인이 '이 새끼'라며 쌍욕을 하고 있었다.

잠마원에 너무 오래 머물러 있었던 건가. 세상이 멋대로 돌아가고 있었다.

"누, 누구십니까?"

몸은 말을 듣지 않지만 입은 살아 있었다.

그러나 대답은 뺨에서 울려 나왔다.

짜악!

가까스로 돌려세웠던 목이 다시 돌아갔다.

울컥!

스스로 존경받을 위치에 있다고 늘 생각했다. 그런데 이 나이에 싸대기라니. 소요마선은 눈물이 말라 버렸다고 생각했지만 황당하고, 서러워 눈물을 쏟을 뻔했다.

"이 새끼야! 내가 먼저 물었잖아. 왜 선경 쓰이게 자꾸 쳐다보냐고!"

뚜드드득…….

이번엔 목을 돌리는 데 시간이 좀 걸렸다.

"그냥 보고 있었……."

짜악!

"이 새끼가 지금 뭐라고 그러는 거야!"

주르륵…….

끝내 의지와 상관없이 눈물이 흘러나왔다. 소요마선은 흐르는 눈물을 느끼며 스스로가 아직까진 그렇게 늙은 것은 아닌가 보다 생각했다.

문득 한 가지가 떠올랐다.

'그자?'

지금 이렇듯 막 나가는 것을 볼 때, 충분히 야밤에 태원히 고함을 지르고도 남을 인간 같았다.

소요마선은 곧이곧대로 말을 하기로 했다. 사실 이 판국에 다른 선택지도 없었다.

"영호선이 도망쳐서…… 요."

소요마선은 살짝 고개를 옆으로 틀었다. 여차하면 목이 다시 돌아가고 만다. 가까스로 ~요 자도 붙였다.

선풍도골의 선인이 버럭 성을 냈다.

"영호선이 도망쳐? 누가 도망쳤다고 그러든? 이 새끼야, 가

고 싶다고 해서 내가 가라고 했다. 내가 내 제자를 보내는 것
도 누구 허락 맡아야 하냐?"

소요마선은 아랫입술을 깨물었다.

'씨발, 맞구나.'

역시 '영호선 이 자식아, 잘 가라' 라는 말을 한 사람이 이
선풍도골의 선인이었다.

소요마선은 비로소 그토록 만나고 싶었던, 만나서 목을 틀
어버려야겠다고 다짐했던 인물을 만나 도리어 자신의 목이
연달아 돌아간 것에 비참함을 느꼈다.

어? 그런데 제자? 도대체 용암 바닥 아래에서 무슨 일이 벌
어졌단 말인가.

"버릇없는 새끼! 네놈 사부가 어떤 놈이야?"

'사부?'

흠칫하며 절로 몸이 떨렸다. 정파의 전대 기인의 물음이
다. 사실대로 말하면 이 자리에서 목이 뜯겨 나갈지도 모를
일이었다. 소요마선은 곤륜파나 화산파의 전대 고수 중 한 명
의 이름을 둘러대야 하나 심각하게 고민했다. 그러나 곧 자신
이 잠마원주라는 사실을 자각하며 몸을 부르르 떨었다.

"적룡마군이라 불리셨습니다만……."

"적룡마군? 뭐야, 능상풍 말이냐?"

소요마선은 너무 놀라 목을 똑바로 했다. 사부의 존함을 알
고 있다. 뭔가 이상했다. 정파의 전대 기인이 별호를 아는 것

이야 이상할 것이 없지만 존함까지 정확히 알고 있다니.

"맞습니다만."

"어휴, 이 불쌍한 새끼! 첫째에게 날마다 처맞고 다니던 능상풍의 제자였구나."

철퍼덕!

소요마선은 진짜 불쌍한 취급을 받고는 바닥에 내던져졌다. 잡혔던 목이 저려 소요마선은 자빠진 상태로 목을 주물렀다.

그런데 첫째라니? 사부님은 천사성모의 봉이었다. 동네북이 아니라 개인 전용 북이었다.

'설마, 천사성모님? 그런데 첫째?'

그러자 바로 뒤를 이어 생각이 꼬리를 물었다.

'그녀의 사부면 광마혈성? 뭐야, 염병할! 아직까지 살아 있있……?'

생각이 거기에 미치자 소요마선은 머리가 하얗게 탈색되고 말았다.

지금 눈앞에 광마혈성이 있다.

마도 삼대세력 중 하나인 망혼문의 문주가 그저 지나는 말로 '화운설 따위'라는 말을 했다는 이유로 망혼문주의 배에 칼을 쑤셔 박고는 '그래, 화운설 따위의 사부가 여기에 있다. 그래서 어쩔 건데?'라고 했다던가.

또 언젠가는 음산사귀가 너무 미쳐 날뛴다며 왜 네놈들이 미쳐 날뛰냐면서 이왕 미쳐 날뛸 거면 제대로 한번 뛰어봐라는 말과 함께 음산사귀를 마차의 말 대신 묶어 열흘간 마차를 끌게 했다고도 했다. 도대체 그 이야기가 언젯적 이야기인가.

"광마혈성…… 님."

소요마선은 식은땀을 쏟았다.

왜 광마가 선풍도골이 되어버렸는지는 알 수 없었지만 성격은 많은 부분 아직 그대로인 것 같다. 사부는 선풍도골이 되어 신선의 풍모를 펄펄 풍겨대고, 첫째 제자는 반로환동을 해서 나비 잡으러 다니고.

'제길. 그래도 이 인간들아, 마도가 그래선 안 되는 거지.'

아주 사제지간에 미쳐 돌아가고 있는 것이다.

"그래서 어쩔 건데?"

역시나 부정하지 않는 것이 광마혈성이 틀림없었다.

꿀꺽.

소요마선은 다시 목젖이 울릴 정도로 침을 삼켰다.

"아뇨. 그냥 한번 불러봤습니다만……."

"이 새끼, 아까부터 말귀를 전혀 못 알아듣네. 내 제자를 어떻게 할 거냐니까!"

소요마선은 머리에서 소리가 날 정도로 굴려댔다.

그리고,

"아! 영호선……. 누구였더라? 어디서 들은 기억은 나는데, 잘 모르는 사람 같습니다."

광마혈성이 순간 흐뭇하게 웃으며 만족스럽게 고개를 끄덕였다.

"네놈이 능상풍보다 낫구나."

소요마선은 내심 안도의 한숨을 내쉬었다.

'휴우, 다행이다. 옳은 답을 한 거야.'

"그래, 어렵게 생각할 것 없다. 내가 찾으러 가면 갔지, 너희들이 뭔데 요란을 떨며 찾아!"

"네, 그럼요. 절대 영호선을 추살하거나 그런 일은 없도록……."

"이 새끼가 방금까지 모른다고 하고선!"

"죄, 죄송……."

짜악!

광마혈성의 신형이 어느새 움직여 따귀를 날렸다.

여지없이 목이 돌아갔다.

"이것저것 신경 쓰이게 하지 마라. 제자 문제든, 용암 아래 계속 쳐다보는 것이든. 알았냐? 또 알짱거리면 잠마원을 확 엎어버리는 수가 있어."

주르륵…….

또 눈물이 난다.

소요마선아, 넌 아직 감성이 남아 있었구나. 그래, 너 이 자식 아직 젊다. 젊어.

소요마선은 그렇게 스스로를 위로하며, 또 동시에 눈물을 흘리며 웃고 있는 자신을 발견했다.

"하하, 물론입죠."

현원령은 창밖을 바라보고 있었다. 하지만 창밖 풍경을 보고 있는 것은 아니었다. 그날 밤의 그 당혹스러운 상황이 그로서는 아직도 이해가 되지 않았기에 그의 시간은 여전히 과거에 머물러 있었다.

허공에 뜬 것까지는 기억이 났다. 뇌가 바스러지는 기분과 함께였다.

정신을 놓기 직전 누군가의 손길이 뒷덜미를 잡아 추락을 방지했다는 것도 떠올랐다. 그런데 문제는 누군가가 그렇게 가까이 접근해 머리를 내려칠 때까지 그 어떤 기척조차 느끼지 못했다는 점이었다.

자신이 누군가? 난다 긴다 하는 살수들이 득실대는 살문에서 암습과 추격, 은신에 있어서 따를 자가 없다고 자타가 공인하는 존재가 아닌가.

살문의 문주 침소에 기어들어 가 함께 아침을 맞이하기도 했다. 그런데 적의 얼굴조차 확인을 못한 것이다.

부르르…….

현원령은 자신도 모르게 몸을 떨었다.

심한 자괴감과 함께 두려움이 스멀거려 온몸에 털이 곤두 섰다. 만약 그날 버려지지 않고, 목이 따였다면 지금 이렇게 과거를 되짚어볼 수도 없었으리라.

'도대체 누구냐! 어떤 인간이야!'

그에 따라 앞으로의 일도 걱정이 이만저만이 아니었다.

원주가 길길이 날뛰며 영호선이 놈을 잡아야 한다면서 고함을 질렀던 터라, 추격대의 결성에는 자신이 너무도 당연하다는 듯 들어갈 것이었다. 그러나 문제는 영호선이 아니라 영호선에게 잠마원이 떠나가도록 정겹게 작별 인사를 했다는 그 인간이었다.

'제기럴, 그 빌어먹을 인간이 날 버렸는데……. 뒷감당을 어떻게 하라고…….'

정말이지 가지 않겠다고 하고 싶지만 부끄러워 말은 못하겠고, 모른 척할 방법만 있다면 그냥 잊고 싶을 지경이었다.

그렇게 현원령이 번민과 자괴감에 머리가 터져 버리려 할 때였다.

똑똑!

"흡!"

방문을 두드리는 소리에 현원령이 흠칫해서 숨을 들이켰다.

'제길…….'

그날 밤 이후 간이 많이 오그라들어 작은 소리에도 놀라는 자신이 한심스러웠다.

"누구냐!"

"독상군입니다."

독상군? 날 찾을 일이 있던가? 갸웃했지만 이내 문을 향해 말했다.

"들어와라."

독상군이 문을 열고 들어왔다. 그런데 그 뒤에 꼬리가 있었다. 십조의 남소욱과 구조의 포연충이었다.

머리가 복잡했지만 그렇다고 무턱대고 돌려보낼 수도 없었다. 몇 마디 어줍잖은 말을 들어주고 그냥 쫓아내야겠다고 현원령은 생각했다.

"무슨 일이냐?"

"교두님께 드리는 작은 성의입니다."

독상군이 포장된 상자를 공손히 내밀었다.

"이건 뭐냐? 성의라니?"

"다른 사람의 눈도 있고 해서 저희 세 사람만 왔습니다만…… 영호선에게 피를 빨렸던 수련생들이 정성을 모았습니다. 약소하지만 산삼 두 뿌리와 하수오입니다."

"그러니까 왜 이걸 내게 건네는 것이냐?"

"곧 영호선을 추격할 것이라는 것을 알고 있습니다. 당연히 교두님께서 앞장서실 것 같아……."

"같아?"

현원령이 독상군을 바라봤다. 독상군도 현원령을 똑바로 처다봤다.

"교두님! 저희를 살려주십시오. 부탁드립니다."

그 말과 함께 독상군과 남소욱, 포연충이 큰절을 올렸다.

휘이잉~

"살려달라고?"

대충 이해할 수 있을 것 같았다. 살려달라는 말은, 곧 영호선을 잡아오지 말아달라는 말이리라. 다른 때 같았으면 상자로 독상군의 머리를 찍어버렸겠지만 현원령도 방금까지 비슷한 생각을 하고 있었던 탓에 차마 호통을 칠 수가 없었다.

"부탁드립니다."

세 놈이 동시에 목소리를 맞춰 말했다. 폐부에서 우러나오는 절절함이 음성에 배어 있었다.

"그만 나가봐라. 내가 결정할 문제가 아니다."

독상군과 남소욱, 그리고 포연충이 일어섰다.

"저희의 뜻은 전했으니 이만 가보겠습니다. 아버님께 급히 전갈을 넣어 귀한 약초를 부탁드렸으니 조만간 다시 찾아뵙겠습니다."

독상군 무리가 물러서고 혼자 남은 현원령은 상자를 바라보며 쓰게 웃었다.

"거참……."

그러나 그것은 시작에 불과했다.

독상군 무리가 나간 뒤, 반 시진도 되지 않아 이번엔 오조
원들이 들이닥쳤다.

"너희는 또 뭐냐?"

대표로 부조장 초이량이 보따리를 내려놓았다.

"교두님, 부탁드립니다. 조장을…… 놔주십시오."

"이 쓸개빠진 놈들 같으니!"

"흑흑흑, 살려주십시오."

눈물로 오조원들이 호소하며 물러갔다.

현원령은 어이가 없어하면서도 오조원들이 바닥에 흘려놓
은 눈물을 바라보았다. 바닥이 흥건히 젖어 있었다.

보따리를 들어보니 찰랑거리는 것이 돈을 모아온 모양이
었다. 휴우, 이놈들 살아보겠다고 아주 용을 쓰는구나. 불쌍
한 새끼들.

그러나 그것이 끝이 아니었다. 삼조장 청당이, 사조장 소묘
희가 차례로 선물을 들고 왔다. 그 뒤를 팔조와 구조, 십조장
이 차례로 줄을 이었다.

그나마 명색이 사인방 녀석들은 이름값을 하느라 찾아오
지 않은 것이 용할 지경이었다.

이제 끝났겠거니 했을 때, 문 두드리는 소리조차 없이 문이
벌컥 열리며 한 사람이 들어섰다.

"뭐냐, 또!"

현원령은 정말이지 이젠 한계였다. 영호선 그놈 때문에 도

대체 온 잠마원 수련생들이 영약이며 돈, 보검을 싸들고 와서는 살려달라고 한다는 것도 짜증이 났다. 물론 자신도 그 마음이 이해되고 있다는 점이 더더욱 짜증나는 일이기도 했다.

"저예요."

현원령은 들어온 사람을 보고 손으로 이마를 짚었다. 유은령이 배시시 웃으며 들어온 것이다.

"넌 또 왜 왔어!"

"사형!"

"잠마원에서 누가 그렇게 부르라고 했더냐! 교두님이라고 하라고 하지 않았느냐!"

"아잉, 사형……. 왜 그래요, 무섭게."

"용건이 뭐야?"

"사형…… 영호선……."

"잡아오지 말라고?"

유은령이 눈에 힘을 주었다.

"사형, 무슨 개소리야! 꼭 데려와 줘. 알겠지?"

"하아……. 돌아가라."

유은령이 현원령의 볼에 입을 맞췄다.

"사형, 꼭이야. 꼬옥! 호호호호……."

유은령이 팔랑거리며 돌아서자, 현원령은 입술을 깨물었다. 살문의 문주의 손녀이자, 동시에 사부가 늘그막에 어여쁘

다며 어릴 적에 제자로 삼아버린 유은령이다.

자폐적일 정도로 내성적인 성격을 벗어던진 것까진 좋은데 영호선 그놈이 어디가 좋다고 저렇게 헤실거리는지 정말 이해할 수가 없었다.

"휴우…… 이제 올 놈들은 다 온 건가. 그나저나 정말 가기 싫구나. 그 새낀 왜 도망가 버려 가지고 사람을 이렇게 피곤하게 만드는지. 아니면 작별 인사없이 그냥 사라지던가."

잠마원주 소요마선은 교두들과 자리를 함께했다.

예정되어 있던 회의였다. 바로 영호신을 잡아들이기 위한 추격대를 결성하기 위한 목적이었다. 잠마원의 일은 잠마원 내에서 처리해야 한다는 소요마선의 지론에 따라 교두들 중 누가 가느냐만 정하면 되는 자리이기도 했다.

그러나 정작 회의 주관자인 소요마선은 정신이 온통 딴 데 팔려 있었다. 이제 영호선은 중요하지 않았다. 광마혈성이 제자로 거뒀다는 마당에 형산으로 갔든, 천하를 떠돌든 아무 상관이 없었다. 도리어 잡겠다고 설치다간 모조리 뒈지는 수가 있었다.

지금 중요한 것은 두 가지였다.

첫째, 용암을 멍하니 내려다보지 말아야 한다는 것.

둘째, 광마혈성이 살아 있다는 것을 마도련에 보고를 해야 하느냐 마느냐였다.

'아무래도 보고는 해야겠지?'

그러나 곧바로 광마혈성의 말이 떠올랐다.

"이것저것 신경 쓰이게 하지 마라. 제자 문제든, 용암 아래 계속 쳐다보는 것이든. 알았냐? 또 알짱거리면 잠마원을 확 엎어버리는 수가 있어."

'이것저것 신경 쓰게 하는 것이구나. 그럼 안 되지.'

큰일 날 뻔했다.

이어 소요마선은 스스로에게 마도련이 무섭냐, 광마혈성이 무섭냐, 라고 물음을 던졌다. 그러자 곧바로 '광마혈성이지' 라는 답이 내면에서 튀어나왔다.

'음, 입 닥치고 있어야겠다.'

소요마선이 그렇게 나름의 결론에 도달했을 때, 기다림에 지친 교두 중 수석교두 수라검마 동요비가 입을 열었다.

"원주님! 추격대는 아무래도 한 명으로는 무리일 것 같습니다. 영호선이 지하 관문을 통과하면서 더욱더 무위가 오르고 은잠 또한 능해진지라 최소한 세 명은 파견이 되어야 신속히 잡아들일 수 있을 것 같습니다."

그때 소요마선은 속으로 '꼬옥, 입 닥치고 있어야겠어' 라고 다짐하고 있었기에 수라검마의 말을 전혀 듣지 못한 상태였다.

"원주님!"

수라검마 동요비가 목소리를 높였다.

"응?"

"듣고 계신지요?"

"뭐라고 한 거냐?"

"추격대 말입니다."

"아! 추격대…… 그럴 필요 없다. 그냥 내버려 둬."

"무슨 말씀이십니까? 놈이 혹시 정신이 돌아온 상태로 형산으로 기어들어 가기라도 하면 내부 정보가 고스란히 적에게 노출되는 것이 아닙니까?"

"아니, 아니야. 반대로 정신이 돌아왔으면 내부 정보가 나갈 일이 없다. 놈이 제정신 상태라면 말이야. 그냥 놔둬."

"어제만 해도 잡아와야 한다고 말하지 않으셨습니까?"

"생각이 바뀌었다. 영호선은 잊어! 그 일 아니어도 할 일이 많으니까."

"영호선도 영호선이고, 잠마원을 뒤흔들었던 그놈도 잡아야……."

"그놈은 내가 따로 처리할 테니 신경 쓰지 않아도 된다."

"잠마원의 명성에 금이 가게 한 놈입니다. 하루속히 놈을 잡아 주리를 틀어야……."

수라검마의 말은 더 이상 이어지지 못했다. 소요마선이 눈을 부릅뜨고 살기를 분분히 뿌리고 있었기 때문이다.

소요마선이 누군가! 마도십대고수 중 한 명이다. 그냥 멋지게 보이려고 아무한테나 붙여주는 십대고수가 아니다. 수라검마는 물론이고, 교두들이 순간 어깨를 움츠렸다.

"이 새끼가 정말 말이 엄청 많아졌네."

수라검마가 입을 꽉 다물고 눈을 연신 깜박였다. 다른 교두들도 얼굴이 어깨 사이로 모조리 들어갈 정도로 기에 질려 버렸다.

"내가 장담하는데 앞으로 내 앞에서 영호선이나 그 인간이나 잡으러 가자고 한마디만 꺼내면 그땐 누구든 죽여 버린다. 알아들었냐!"

이때 교두들은 잔뜩 기죽은 상태에서도 머리를 굴리기 바빴다. 도대체 왜 잠마원주가 갑자기 돌변했는지 이유가 없을 리 없다는 생각에서였다. 그러다 한 가지 결론에 이르렀다. 교두들은 서로 의견을 교환하진 않았지만 모두 같은 생각을 하고 있었다.

'만났구나.'

잠마원을 들었다가 놔버린 그 목소리! 그 목소리를 만난 것이 틀림없었다.

'그리고……'

'…처맞았겠지.'

그날 밤, 교두 현원령이 외곽에 쓰레기더미마냥 버려졌다.

현원령의 회상에 의하자면 신형을 날려 허공에 뜨는 순간 정신을 잃어버렸다고 했다. 현원령이 기척도 느끼지 못하고 당한 것이다. 죽이지 않고 그냥 버린 것을 보면 나름 자비를 베푼 것이리라.

바로 그 귀신같은 작자가 영호선을 향해 '영호선 이 자식아, 잘 가거라' 라고 인사를 했다. 그리고 잠마원주는 그 귀신을 만났고, 처맞은 것이 틀림없었다.

교두들은 내심 고개를 끄덕였다.

'그렇구나. 쫓을 필요가 없는 거였어. 아무렴.'

어느새 교두들은 잠마원주의 마음을 이해할 수 있을 것 같았다.

교두들이 잔머리를 사정없이 굴리며 상황 파악을 대충 끝냈을 때, 잠마원주 소요마선이 조금은 누그러진 목소리로 말했다.

"그리고… 앞으로 용암 부근엔 알짱대지 마라. 왜냐고 물으면…… 죽여 버린다."

"명심하겠습니다."

교두들이 일제히 대답했다. 그리고 속으로 생각했다.

'그 귀신…… 용암 부근에 사나 보구나.'

'용암 쳐다보다가 처맞은 거였군.'

생각이 거기에 이르자, 교두들은 도리어 한결 홀가분해졌다. 사실 현원령이 구겨진 종이마냥 버려졌을 때부터 그날 밤의 일은 찝찝하기 이를 데 없었다. 책임자가 책임을 지겠다는 데야.

교두들 중에서도 이러한 잠마원주의 결정에 쌍수를 들고 환영한 것은 역시 현원령이었다. 부탁한 놈들도 놈들이지만 괜히 영호선을 잡으러 갔다가 잘 가라고 인사까지 건넨 귀신에게 잡혀 또 어디 이름 모를 오지에 버려지는 것은 정녕 사양하고 싶었던 것이다.

현원령은 슬며시 미소까지 지으며 입을 열었다.

"원주님! 옳으신 결정입니다."

소요마선도 빙긋 마주 웃었다.

"그렇지? 그런 거지?"

"그럼요."

"하하하하, 좋은 게 좋은 거지. 모두들 그렇지 않아?"

다른 교두들도 웃음을 지었다.

그리고 속으로 생각했다.

'엄청 좋아하네.'

'맞긴 엄청 맞았나 보구나.'

'근데 누굴까?'

第二章
군자검 돌아오다

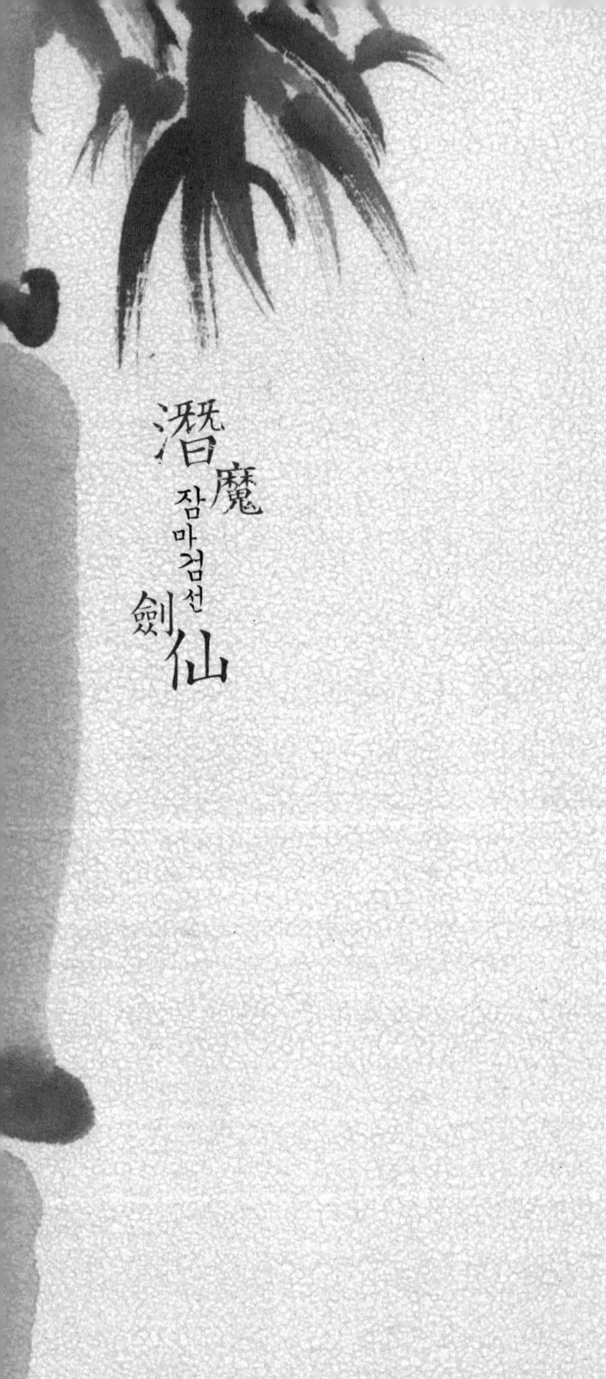
潛魔劍仙
잠마검선

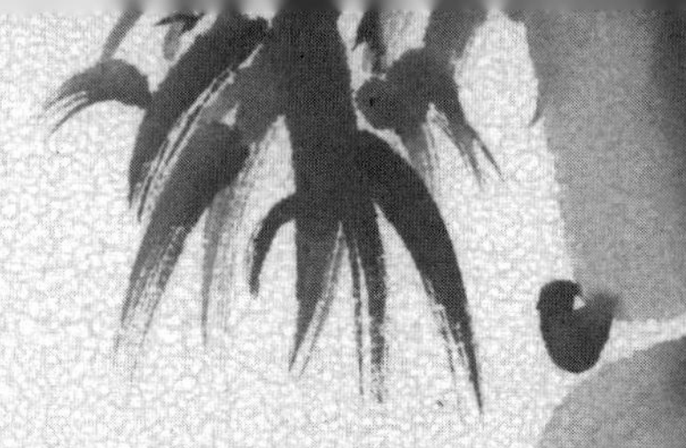

　용천방을 나선 영호선은 형산에 오르기 전 잠시 바위에 걸터앉았다. 막상 오르려고 하니 사부님과 사문 어른들의 호통소리가 문제가 아니었다.

　"흠냐, 어떤 모습을 보여 드려야 하나. 골 아프네."

　군자검 시절, 잠마원 시절, 그리고 지금의 모습이 있었다. 그중 잠마원 시절의 모습은 생각할 것도 없었고, 문제는 지금의 모습과 군자검 시절의 모습 중에서 하나를 선택해야 한다는 것이다.

　편하기로 따지면 당연히 지금 있는 그대로의 모습이었다. 하지만 고작 일 년 반에 급격히 변한 것을 보신다면 사형제들은 물론이고, 사부님이 두 눈에 의문을 가득 담고 꼬치꼬치 캐물을 것은 불을 보듯 뻔한 일이었다.

"하긴 형산에 틀어박혀 있으려면 군자검이 좋겠지?"

영호선은 사문의 오해를 굳이 불러일으킬 필요가 없다는 결론을 내렸다. 형산에 파묻혀 세월이 지난 시간들을 희석시킬 동안 동굴 하나를 파고들어 가 검절의 검예에 몰두하는 것이 가장 현명한 길이었다.

군자검의 모습이라면 동굴에 오랫동안 짱박혀도 원래부터 좀 특별했으니까, 라면서 사부님도 넘어갈 것이 분명했다.

생각이 정리되자, 영호선은 과거 늘 얼굴에 떠올리던 부처님의 대자대비한 미소를 지어봤다.

입은 벌리지 않고, 눈은 절반 정도 뜨고, 양쪽 입끝을 살짝 위로 올렸다.

손을 뻗어 앉은 바위를 쓰다듬으며 말했다.

"바위님! 고맙습니다. 언제나 묵묵히 한자리에서 나그네의 휴식처가 되어주시니 그 넓은 마음은 마치 하늘과 같습니다. 소인, 진심으로 감복하였습니다."

영호선은 말을 마치고는 웃음을 참을 길이 없어 배를 움켜잡았다. 안 될 줄 알았는데 흠잡을 데가 없이 과거 군자검의 말투가 나왔다. 안면 근육도 제대로 움직여 주고 있었다.

"하하하, 이거 진짜 미치겠네. 그래, 이제부터 나는 군자검이다. 산을 오르는 동안 계속 연습하면서 가자. 완벽할수록 좋은 거니까."

영호선은 몸을 일으켰다.

*　　　*　　　*

형산을 오르던 혼일검객 마윤비는 아까부터 미친놈 하나를 발견하고 지켜보는 중이었다. 젊은 놈이 옷차림이나 얼굴은 멀쩡한데 행동이나 말이 완전히 미쳐 돌아가고 있었다.

'허허, 불쌍하기도 하지. 스무 살도 안 되어 보이는데 어쩌다 저렇게 돌아버렸을까. 쯧쯧……'

젊은이는 열 걸음을 걷고 냅다 무릎을 꿇고 큰절을 올리더니 하늘 높이 유유히 흘러가는 구름을 향해 말을 거는가 하면, 나뭇잎을 발로 밟고는 나뭇잎을 보며 눈물을 뚝뚝 흘리며 용서를 빌기도 했다.

행색이 떠돌이 극단이었다면 연극 연습을 하는가 보다 하겠지만 그것도 아니었다. 모든 행위가 마치 진심으로 보여 더 난감했다. 자연 만물을 소중히 여기는 마음이야 높이 살 만했지만 저래서는 사람들과 어우러져 살기는 힘들 터였다.

마윤비는 형산에 급히 올라야 한다는 것도 잊은 채 제대로 돌아버린 젊은이를 보며 안타까움을 금치 못했다.

'어이쿠, 또 큰절을 올리네?

젊은이는 또다시 바닥에 엎드리더니 아무도 없는데 말을

하고 있었다.

"개미 스승님, 그동안 잘 지내셨는지요? 그동안 제가 여러 가지 일로 바빠 개미 스승님을 찾아뵙지 못했습니다. 오랜만에 뵙는데도 스승님께서는 변함없이 부지런하시군요. 언제 봐도 스승님은 저를 부끄럽게 하십니다."

마윤비는 큉해진 채로 침을 꿀꺽 삼켰다.

'개미하고 말을 해?'

미쳐도 제대로 미친 젊은이였다. 개미하고 말을 할 정도면 세상 천지 그 무엇과도 말을 나눌 수 있으리라.

마윤비가 지켜보는 중에 젊은이는 딱정벌레며, 공중을 나는 새들, 그리고 나뭇잎을 갉아먹고 있는 애벌레들에게도 말을 걸었다. 애벌레들에겐 열심히 먹고 나비가 되시라고 용기를 북돋웠고, 나뭇잎에겐 자기 몸을 바치는 희생을 칭송하며 쓰다듬었다.

마윤비는 젊은이의 일련의 행동에 문득 한 가지 사실을 깨달았다. 젊은이는 모든 사물을 대함에 있어서 감사와 사랑을 간직하고 있다는 점이었다. 한낱 개미에게조차 존대를 하고, 쳐다보기조차 흉물스러운 애벌레에게조차 애벌레님이라고 칭했다. 모든 것을 존중하는 마음이 가득했다.

'허허, 내가 잘못 생각했나.'

천재와 바보는 일맥상통하는 부분이 많고, 종이 한 장 차이라고들 한다. 천재의 일면을 보통 사람은 이해할 수 없어 바보 같다고 생각하기도 하는 것이다.

그러고 보니 젊은이의 얼굴엔 대자대비한 관음보살의 모습이 각인된 것마냥 신비스러운 미소가 물씬 뿜어져 나오고 있었다. 그저 지켜보는 것만으로도 마음이 편안해지는 그런 미소였다.

마윤비는 내심 반성했다.

보통 사람의 관점에서 미친놈이라고 혀를 찼던 자신이 한심했다. 아직까지 사람의 정수를 꿰뚫어 보지 못하고 그저 껍데기를 보고 그 안의 소중한 것을 알아보지 못한 것이다.

'아, 나는 정녕 나이를 헛먹었구나. 나보다 이십 년은 젊은 공자가 저토록 만물에 대한 감사를 하고 있거늘 난 지금껏 하늘을 제대로 바라볼 여유도 없이 앞만 보고 달려왔구나.'

마윤비는 스스로를 책망하고 신형을 끌어올려 형산을 올랐다. 형산의 일을 처리하고 나면 주변을 차분히 관조하며 보지 못했던 것을 볼 생각이었다.

*   *   *

영호선이 형산 위에 오른 것은 거의 두 시진이 지나서였다.

군자검의 성격과 행동을 고스란히 몸에 새기고 오르기 위해서였다.

중간에 제법 무공을 갖춘 중년 검객이 지켜보는 것도 알고 있었지만 굳이 마음을 쓰진 않았다. 적의가 느껴지지 않았기에 다른 문파의 고수가 형산을 지나다 인사차 들른 것이리라 생각한 것이다. 도리어 누군가 지켜본다고 생각하니 더욱더 열심히 군자검의 모습을 드러냈다.

영호선은 이 정도면 되었다 싶은 마음에 깊게 숨을 들이마셨다가 내뱉고 성큼 걸음을 옮겼다.

저만치 어린 사제 오항이 빗자루를 들고 있는 모습이 보였다.

사제의 모습을 보니 진정 형산으로 돌아온 것이 실감났다.

영호선이 목소리를 높여 말했다.

"사제님! 그동안 잘 지내셨는지요?"

이제 열네 살인 오항이 눈을 동그랗게 뜨고 바라봤다.

"영호 사형?"

영호선이 대자대비한 부처님의 미소로 응답했다.

"네, 영호선이 먼 여행을 마치고 돌아왔습니다."

오항이 경악한 표정을 하고는 몸을 날렸다.

영호선은 두 팔을 벌려 사제를 맞으려고 했으나 오항의 신형은 반대 방향으로 날아가고 있었다.

"응?"

영호선은 의아해져서 자신의 몸을 훑어보고 입가를 훑었다. 괴물이라도 본 것처럼 달려가니 혹시라도 자신도 모르게 어디선가 피를 빨아 옷이나 입에 피가 묻었나 싶었던 것이다.

‘뭐지? 이 반응은?’

설마하니 다 들통난 건가? 영호선은 불안한 마음을 금할 길이 없었다. 잠마원의 흔적은 과거로 돌아가지 않는 한 지워지지 않을 터. 영호선은 절로 몸이 움츠러들었다. 발도 곧바로 굳어버려 떨어지지 않았다.

휘이잉~

봄인데도 찬바람이 주변을 휘감았다.

잠시 후.

악귀 보듯 달아나 버렸던 사제 오항이 한눈에도 과도할 정도로 신법을 펼쳐 달려오고 있는 것이 보였다.

“영호 사형! 영호 사형!”

그렇게 네 번째 영호 사형이라고 부를 때 오항은 지척에 이르렀다.

오항은 거칠게 숨을 몰아쉬며 영호선의 팔을 잡아끌었다.

“큰일 났어요, 큰일. 빨리 저를 따라오세요.”

“사제님, 무슨 일이신지 차분히 이야기를 해보시지요.”

“사형, 그럴 시간이 없어요. 빨리요.”

영호선은 혹시 아까 산을 오를 때 본 검객이 난동을 부리는 것인가 싶어 오항을 따라 신형을 날렸다.

“사제님, 혹시 문중에 적이 찾아온 것입니까?”

“아니, 그보다 더 중요한 문제예요. 어서 장문인의 거처로 기야 해요.”

영호선은 처음엔 자신의 행적이 노출된 것은 아닌가 걱정
했으나 지금 들어보니 다른 일인 듯하자 마음이 한결 편안해
졌다. 하지만 그렇더라도 급박한 일인 듯하니 서두르는 것이
나을 것 같았다.

"사제님, 그럼 제가 먼저 가겠습니다."

"그래요, 사형."

영호선은 오항의 말이 끝나기도 전에 신형을 끌어올려 순
식간에 거리를 격하고 나아갔다.

함께 신형을 날리던 오항은 사형이 갑자기 사라지듯 저만치
앞서 가자 눈을 부릅떴다. 원래부터 사형제들 사이에서 영호
사형의 무공 수준은 어느 정도인지 가늠하기 어렵다는 말이
나온 지 오래였지만 이 정도일 줄은 생각조차 못했던 것이다.

"뭐야, 너무 빠르잖아."

영호 사형이 항마원을 양보하기 위해 형산을 떠났음을 잘
알고 있는 오항이었다. 좋은 것을 양보하기란 입으로는 쉽게
할 수 있지만 실천하기 힘든 일이다. 그렇기에 군자검이 떠난
뒤에 사형제들은 진심으로 '군자검'이라며 놀라움을 금치 못
했었다.

'역시 대단해.'

한편 순식간에 장문인의 거처에 이른 영호선은 도착 사실
을 알렸다.

"영호선이 장문인을 뵙습니다."

　영호선은 혹여 난동이라도 벌어졌다 싶으면 바로 손을 쓸 준비를 하고 있었지만 거처뿐 아니라 주변은 고요하기 이를 데 없었다.

"들어오거라."

"네."

　영호선은 대답을 하면서도 왜 사제 오항이 경악스런 표정을 짓다가 다시 놀아와 큰일이라고 했는지 알 수 없어 고개를 갸우뚱거렸다.

　장문인의 목소리는 일 년 만에 돌아온 사람을 맞이하는 목소리라고 하기엔 마치 오늘 아침에 보고 다시 본 것처럼 태평하기 짝이 없었다.

　문을 열고 안으로 들어가니 세 사람이 찻잔을 사이에 두고 앉아 있었다. 그중 두 사람은 장문인과 사부님이었고, 또 한 사람은 산을 오르던 중 보았던 중년 검객이었다. 그러나 세 사람의 기운이 온유한 것이 결코 문제의 소지가 없어 보였다.

　영호선은 망설임없이 장문인과 사부님께 큰절을 올렸다.

"제자, 영호선이 장문인과 사부님을 뵙습니다. 불민한 제자 용서를 구합니다. 그동안 별래무양하셨는지요."

　장문인 조운 진인이 수염을 쓰다듬으며 말했다.

"그래, 고생이 많았겠구나. 자리에 앉거라."

　사부인 청허자도 흐뭇하게 고개를 끄덕였다.

　영호선은 일단 안도의 한숨을 내쉬었다.

역시 형산이었다.

일 년 만에 돌아왔지만 장문인과 사부님은 호들갑스러운 반응 대신 마치 형산의 산세처럼 부드럽고 온화한 미소 속에서 그저 유유히 받아들이고 있었다. 만약 지하 동부의 미친 사부였다면 호통은 둘째고, 일단 패고 시작했을 터.

사제 오항이 온갖 호들갑을 떤 것이 마음 한쪽에 걸리긴 했지만 장문인과 사부님의 표정을 보니 어린 사제의 유별인 것 같았다.

영호선은 자리에 앉아 부처님같이 고요한 신색을 유지했다.

그때였다.

중년 검객, 마윤비가 입을 쩍 벌렸다.

"자, 자네가 영호선이로군."

영호선은 속으로 '뭐야, 부담스럽게 왜 이렇게 반겨?' 라고 생각했다. 하지만 겉으로는 그저 옅게 미소를 띠며 대답했다.

"처음 뵙겠습니다. 소인 영호선입니다. 제 안목이 보잘것 없어 선배님의 높은 이름을 알지 못하는 것을 용서하십시오."

마윤비가 손을 저었다.

"겸손하기가 가히 따를 자가 없군. 난 마윤비라고 하네. 강호에서는 혼일검객이라고 하지. 사실 아까 산을 오르는 중에 자네를 보았었다네."

“군자검 영호선을 보셨던 게요?”

장문인 조운 진인이 물었다.

마윤비가 말했다.

“아! 군자검이었군요. 가히 군자검이란 별호가 제격이로군요. 형산을 오르는 중에 개미며, 애벌레며, 나뭇잎이며 끝없이 감사의 말을 하는 것을 잠깐 보았습니다. 외람된 말씀이지만 처음엔 정신이 이상한 청년이라고만 생각했었습니다. 하지만 계속 지켜보다 보니 행동이며 말이며 대자대비한 관음을 떠올리게 하는지라 범상치 않다고 생각했었답니다.”

장문인 조운 진인이 말했다.

“하하하, 늘 한결같았지요. 일 년 만에 돌아온 것이지만 예전과 다름이 없구려. 사실 일 년 전에 훌쩍 형산을 떠날 때만 해도 혼쭐을 내야겠다고 생각했지만 이내 차분히 기다리게 되었답니다. 군자검이라면 어디에 가서도 형산의 이름을 빛낼 것이라고 믿었으니 말이외다.”

혼일검객 마윤비가 고개를 끄덕였다.

“장문인의 말씀이 절로 이해가 되는군요. 군자검은 형산의 홍복입니다.”

그러나 정작 영호선은 속으로 흠칫해 미약하게 몸을 떨었다. 형산의 이름을 빛내기는커녕 미쳐 날뛰어 형산의 이름은 잠마원에서 시궁창 구석에 처박아 버리지 않았던가. 당장 쥐구멍이라도 있다면 숨고 싶을 지경이었다.

영호선은 내심을 숨기고 공손히 말했다.

"제자, 지난날 사문에 염려를 끼친 죄를 감당하고자 합니다. 면벽을 하라시면 삼 년이고 사 년이고 감당할 것이며, 단근절맥을 하신다 하여도 기꺼이 받들겠습니다. 또한 당장 항마원에 가라셔도 그 말씀에 따르겠습니다."

말로 천 냥 빚을 갚는다고 했다. 장문인과 사부의 부드러운 미소를 보건대 면벽이며 단근절맥을 명할 일은 하늘이 무너져도 없을 터였다. 게다가 항마원은 일 년이 지났으니 이미 다른 사형제 중 하나가 들어가 있을 것이 아닌가. 세 치 혀로는 하늘에 별도 딴다.

장문인이 고개를 끄덕였다.

"그래, 네 마음이 그러하다니 기쁘구나."

장문인이 혼일검객 마윤비를 보며 말을 이었다.

"이건 마치 하늘이 때를 맞춰주신 듯하구려. 혼일검객의 생각은 어떠하오?"

"사실 항마원에서 제가 온 것은 영호선의 항마원 입부 취소를 위한 최후통첩의 의미였지요. 하지만 군자검이 마침 제때 돌아왔으니 장문인의 말과 같이 정녕 하늘의 뜻이 아니면 무엇이겠습니까? 기꺼운 마음으로 군자검과 함께 항마원으로 돌아가겠습니다."

쿵!

순간 영호선은 뒤통수를 망치로 가격당한 기분이었다.

심장도 덜컥 떨어져 바닥에 뒹굴었다.

'하, 항마원이라니⋯⋯. 이 무슨 개소리야!'

비로소 사제 오항이 큰일이라며 격앙된 말을 내뱉었던 것이 이해되었다. 그럼 항마원에 입부를 보류해 두고 있었단 말인가. 머리가 빙글빙글 돌았다. 잠마원에서 미친 듯이 달려온 것이 결국 항마원에 끌려가기 위한 것이 되고 만 것이다.

그때 장문인이 말했다

"항마원에 궁여지책으로 영호선이 요양 중이라고 말한 것은 너그럽게 이해하시구려."

"이해하다마다요. 군자검은 형산의 홍복이나 항마원의 여러 기재들에게도 많은 본보기가 될 터이니 항마원의 입장에서 도리어 부탁을 해야 할 정도입니다."

하늘이 무너졌다.

버티고 설 땅도 갈라졌다.

도망칠 명분도, 거절할 아무 이유도 없었다.

세 치 혀로 나불댄 말이 있으니 여기서 말을 돌릴 수도 없는 일. 영호선은 속이 썩어문드러지는 듯하였으나 겉으로는 부처님의 미소를 지었다.

이 와중에도 고요한 미소를 지어야 한다는 사실이 더욱 슬퍼 미쳐 버릴 것 같았다.

第三章
동거인

潛魔劍仙
잠마검선

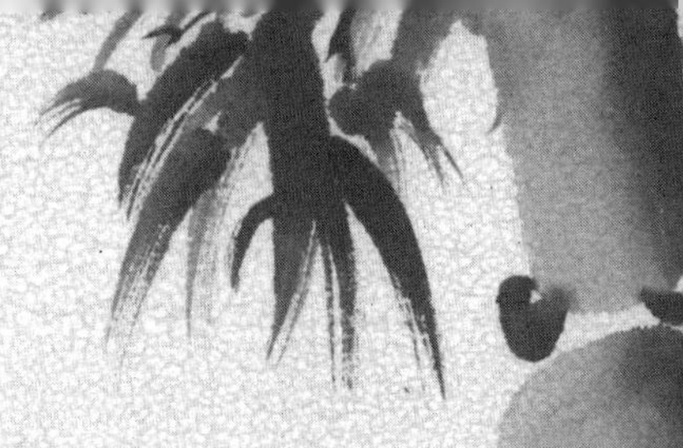

항마원주 송우공은 영호선을 직접 면담한 뒤 흐뭇함을 감추지 못했다.

그는 향년 육십오 세로 강호에서는 둔왕비협(鈍王飛俠)이라고 불렸는데, 둔왕이란 그의 몸집이 매우 뚱뚱했기 때문이고, 비협이라 함은 그럼에도 불구하고 그의 신법이 고절하여 타의추종을 불허하기 때문이었다.

또한 일성(一聖), 삼선(三仙), 오군(五君), 칠협(七俠)이라 칭하는 정도 열여섯 명의 초절정고수 중 칠협에 속한 한 사람이기도 했다.

"허허히, 침으로 귀한 인재를 놓질 뻔했군."

웃음을 터뜨리자 둔왕답게 턱살이 제멋대로 출렁였다.

그의 앞쪽에 앉은 네 사람 중 혼일검객 마윤비가 말을 받았다.

"정녕 군자검은 모두의 본보기가 될 것입니다."

"내 지금껏 수많은 사람을 봐왔지만 저렇듯 신비스러운 미소는 처음일세."

"저 또한 관음보살이 현신한 줄 알았습니다."

가만히 듣고 있던 세 사람 중 한 떨기 꽃과 같이 아름다운 제갈혜미가 입을 열었다.

"대게 군자검이라 하면 위선과 가식을 떠올리게 되거늘 제가 보기에도 그는 진정 군자검의 풍모가 가득하더군요."

제갈혜미는 이제 고작 이십사 세에 불과했지만 항마원에서 교관의 직무를 수행하고 있는 재녀였다. 항마원 교관의 평균 연령대가 사십대임을 감안할 때 그녀의 교관 직 수행은 그 자체로 천재임을 증명하는 일이었다.

그녀를 포함한 세 명의 교관은 영호선이 원주와 면담할 때 자리를 함께한 터였다.

항마원주가 말했다.

"잘 보았다. 위선이나 가식은 허점이 보이게 마련이지. 진짜배기를 보게 될 줄은 몰랐군. 허허허, 형산의 장문인이 요양을 핑계대고 미뤄둔 이유가 절로 납득이 되고 말았어."

제갈혜미가 빙그레 웃었다.

"어느 누가 항마원을 사형제들에게 양보하기 위해 스스로 몸을 감출는지요. 게다가 혼일검객님의 말씀을 듣자 하니 혼자 있으면서 애벌레에게까지 존대를 한다니, 소녀는 진심으로 탄복했답니다."

항마원주를 비롯한 모두가 고개를 끄덕였다.

"혜미, 네가 각별히 신경 쓰도록 하거라. 일 년이 지나 입부한 만큼 모는 게 낯설 테니 적응에 문제가 없도록 말이다."

순간 제갈혜미의 안색이 어두워졌다.

"저…… 사실 문제가 있습니다."

항마원주가 고개를 살짝 갸웃했다.

"무슨?"

"남은 방이 없어 어쩔 수 없이 양빈과 지내야 하는 문제가……."

그 말이 떨어지자 항마원주를 비롯한 모두의 얼굴에 먹구름이 드리웠다.

"휴……."

항마원주가 길게 한숨을 내쉬며 말했다.

"군자검에게 못할 짓을 한 것 같군. 잘 버텨줘야 할 텐데……."

아무리 정인군자라 할지라도 천하의 양빈과 함께라면 어떻게 될지 절로 근심이 되는 항마원주였다.

                    *   *   *

휘이잉…….

분명 봄이었다.

그러나 영호선은 한기에 몸을 떨었다.

뇌는 가출해 버렸고, 온 세상은 잿빛이었다.

'항마원!'

모든 것이 최악이었다.

형산의 산 내음도 다 맡지 못했는데 어느덧 항마원이다.

입부 절차에 있어 혹시나 항마원주가 거부 의사를 행사하길 바랐지만 독상군을 닮은 항마원주는 잘 왔다며 포옹까지 해주었다. 그 뚱뚱한 몸이 어찌나 폭신하든지.

항마원의 풍경은 잠마원과 사뭇 달랐다.

온통 화사함이 그득했고, 꽃단장을 한 기재들은 서로 못 죽여 안달이 난 잠마원과 달리, 사랑과 우정을 꽃피우려는 듯 정겹기 그지없었다.

그런데 방을 배정받아 들어와 보니 여긴 항마원도 잠마원도 아닌 전혀 다른 곳이었다. 시궁창이란 말조차 고급스럽게 느껴질 만큼 추접함이 말로 할 수가 없었다.

두 개의 침상이 좌측과 우측 벽면 끝에 자리했는데, 우측의 침상이 문제였다. 침대가 통째로 썩어 들어가고, 이불은 거적대기에, 구린내가 풀풀 풍겼다.

사방 벽면은 거미줄이 멋대로 쳐져 있어 거미들이 아주 마음대로 줄타기를 하고 있었다.

항마원에 온 것만도 충분히 괴로운데, 무슨 심사로 이런 방을 배정해 주었는지 항마원주의 멱살을 잡고 턱살을 연달아 세 번 튕겨주고 싶은 심정이었다.

영호선이 썩은 냄새로 인해 몸까지 썩을 것 같아 막 자리에서 일어서려 힐 때였다.

밖에서 이야기 소리가 들리는가 싶더니 방문이 열렸다.

한 사람이 들어왔다.

영호선은 그대로 얼어붙어 버렸다.

그건 사람이 아니었다.

짐작은 하고 있었지만 막상 방을 함께 쓰게 된 녀석은 걸어 다니는 오물이었다. 시궁창에서 십 년간 잠수를 한 뒤 숨을 쉬기 위해 머리를 내민 꼬락서니였다.

오물이 입을 열었다.

"와아, 네가 영호선이구나? 교관님께 이야기 들었어. 오늘부터 나와 한방을 쓰게 됐다고 말야. 하하하, 반가워. 난 개방의 양빈. 별호는 오물신개야. 멋지지?"

영호선은 오물덩어리가 말을 할 수 있다는 사실에 경악하는 한편 오물이라는 별호를 당당히 밝히는 인간이 존재한다는 것에 경의를 표했다.

영호선이 자리에서 일어나 꽁손히 머리를 숙였다.

"저는 형산의 영호선입니다. 오물신개님을 뵙게 되어 삼생의 영광입니다."

절로 토악질이 나려는 것을 가까스로 참고 말했다. 이곳이 잠마원이었다면 화장터로 끌고 가서 산 채로 태워 버렸을 텐데 항마원이라는 것이 안타까울 따름이었다.

양빈이 어리둥절한 듯 눈을 깜박였다. 그러나 그것도 잠깐, 곧 탄성을 터뜨렸다.

"와아, 오물신개님이라니. 님, 자가 붙으니 엄청 멋져 보이는걸."

영호선은 천불이 났다. 이놈은 아무리 봐도 환자였다. 더러움 강박증, 혹은 더러움 중독증이라는 병이 틀림없었다. 도대체 개방이 언제부터 이렇게 더럽게 변질되었단 말인가.

게다가 오물이 입을 벌릴 때마다 방 안의 공기가 급격히 오염도가 높아지고 있었다.

숨을 쉴 때마다 폐와 간과 심장 등이 사정없이 썩어 당장에라도 곰팡이가 필까 두려울 지경이었다.

"오물신개님께 궁금한 게 있습니다. 제가 알기로 개방은 걸인의 정신을 계승할 뿐 실제로는 담백한 모습인 줄 압니다만 어찌 오물신개님께서는 다른 길을 걸으시는지요?"

양빈이 빙긋 웃으며 자기 침대로 가서 엉덩이를 걸쳤다. 먼지가 풀쩍 일었다.

"현재 개방은 겉멋만 들었어. 앞으로 이 양빈님, 아니, 오물신개님께서… 하하하……."

양빈은 스스로 오물신개에 님, 자를 붙이고 즐거운지 한참 웃다가 말을 이었다.

"이 오물신개님께서 개방을 바꿀 테니 지켜보라구. 사실 사부님이 처음으로 뜻을 세우신 일이기도 하지. 사부님은 걸신(乞神)이셔. 방주님의 사형이기도 하시지. 난 아직 사부님의 발끝에도 미지지 못해. 더 정진해야 해. 사부님은 입김을 불어 입 냄새로 열 명 정도는 한 번에 기절시키기도 하시거든. 난 아직 한두 명이 고작이야. 정말 부끄러운 일이지."

영호선은 머리가 하얘졌다.

'마도보다 정파 쪽에 돌아버린 인간들이 더 많을지도 모르겠구나.'

영호선은 조금 더 있으면 내공까지 오염될 것 같아 양빈에게 공손히 양해를 구하고 밖으로 나갔다.

어느덧 항마원은 노을이 붉게 물들어가고 있었다.

인적이 드문 곳까지 천천히 걸어 크게 숨을 들이켰다.

"후우……."

맑은 공기가 썩어가는 폐를 정화시켰다.

공기가 이렇게 소중한 것인지 새삼스러웠다.

잘 정돈된 항마원의 꽃길과 화려한 전각들이 한눈에 보였다.

잎으로 이 년을 이곳에서 보내야 한다.

　　형산을 떠나 항마원으로 향하는 동안 마음으로 이미 행동 강령은 정한 터였다.

　　간단했다.

　　ㅡ있는 듯 없는 듯!

　　존재감 자체를 최소화해서 훗날 기억하려 해도 ‘영호선? 누구였지? 정도를 만드는 것이다.

　　사람들과의 대화도 줄이고, 활동도 최대한 자제하는 것이다. 그저 대자대비한 미소로 스윽 지나가면 되는 것이다.

　　영호선은 두 눈을 지그시 감았다.

　　문제가 없을 것 같던 행동 강령에 변수가 생겼다.

　　오물덩어리 양빈!

　　아무래도 무슨 대책을 세우지 않으면 항마원이 끝나기도 전에 폐병에 걸려 죽을 것만 같았다.

　　영호선이 그렇게 고민에 잠겨 있을 때였다.

　　“영호선!”

　　슬며시 부처님과 같이 눈을 반개하여 바라보니 항마원주와 면담 때 함께 자리했던 교관이었다.

　　영호선은 자리에서 일어나 공손히 맞았다.

　　“제갈 교관님이시군요.”

　　제갈혜미가 빙긋 웃었다.

영호선은 한순간 꽃이 봉우리를 터뜨리는 것을 보는 것 같
았다. 양빈을 보고 썩은 눈이 삽시간에 정화되었다. 그녀는
교관이 아니라 원생이라고 해도 납득이 될 정도로 어려 보이
는 얼굴이었다.

"앉자. 저기…… 양빈은 만났니?"

제갈혜미가 말했다.

미안한 기색이 역력했다.

"네, 오물신개님과는 인사를 나누었습니다. 세속에 물들지
않고 내면의 아름다움을 추구하는 훌륭한 분이셨습니다. 그
런 분과 함께하게 되어 소인은 기쁘기 한량없습니다."

제갈혜미가 입을 바보처럼 벌렸다.

"헤에… 정말?"

"오물신개님은 확고한 목표를 지니고 계셨습니다. 앞으로
오물신개님에 의해 변화하게 될 개방을 생각하니 소생은 벅
찬 감동을 느꼈답니다."

"휴우, 하지만 모두들 너처럼 생각하는 것은 아니란다."

"그것은 진심으로 양빈님을 모르기 때문일 겁니다. 양빈님
의 마음은 순백의 양과 같으시거든요."

제갈혜미가 다시 한숨을 내쉬며 생각했다.

'진짜 부처님이 항마원에 강림하셨구나. 소림의 제자인 광
료가 영호선의 반만 닮았어도 좋으련만.'

정작 활불이 되어야 할 광료는 마승이 되겠다는 식이었고,

화를 내야 마땅한 영호선은 담담히 미소를 머금고 있었다.

그래도 이대로 양빈을 방치할 수는 없었다.

영호선도 영호선이지만 요 근래 양빈이 불면증을 치료해 준다면서 여기저기 들쑤시며 가공할 입 냄새로 기절시키고 다녔기에 무슨 수를 써야 했다.

밤이 깊어갈쯤 영호선은 운몽각 안에 마련된 소회의실의 둥그런 탁자의 한쪽에 앉아 있었다.

교관 제갈혜미를 따라 식당으로 향해 저녁 식사를 마친 뒤, 어떻게 하다 보니 '양빈대책회의' 라는 괴상한 회의까지 이끌려 온 터였다.

제갈혜미의 생각으론 영호선이 양빈과 한방을 쓰는 만큼 회의 내용을 알고 있는 것이 좋겠다는 것이었지만 영호선으로서는 귀찮기만 한 일이었다.

이놈의 부처님 미소를 지어야 한다는 것 때문에 제대로 거절도 못하고 한자리를 차지하게 된 것이었다.

모인 인원은 총 일곱 명.

제갈혜미가 주도하여 각자 소개하는 시간을 가졌다.

"형산의 영호선입니다. 보잘것없는 제가 강호의 뭇 젊은 영웅님들을 뵙게 되어 삼생의 영광입니다."

먼저 영호선이 세상 그 어느 누구보다 정중하게 소개를 마치자 이어 다섯 기재가 차례로 말했다.

“남궁가의 남궁추입니다.”

“제갈가의 현학입니다.”

“난 팽연욱.”

“모용가의 모용화라고 해요.”

“황보청우입니다. 반갑습니다.”

영호선은 이들이 현 강호 오대세가의 자제들이란 것을 알 수 있었다.

모두들 눈빛이 맑고 용모가 단정하였는데, 그중 가장 눈에 띄는 건 황보세가의 황보청우와 모용세가의 모용화였다.

황보청우는 보통 사람보다 머리 하나 정도는 더 큰 키와 덩치에 군살이라고는 찾아볼 수 없는 몸, 그리고 거기에 걸맞게 인간 바위처럼 굳건한 인상을 지니고 있었다.

그러나 영호선이 특이하게 느낀 것은 외형적인 특징이 아니었다. 정작 황보청우가 그 묵직해 보이는 입을 열었을 때, 어처구니없게도 마치 어린애가 쫑알대는 것마냥 앙증맞은 목소리가 새어 나왔기 때문이었다.

눈을 감고 들었다면 열 살가량의 소동이 말하는 것이라고 생각했을 정도였다.

그리고 또 한 사람 모용세가의 모용화는 쌍꺼풀 진 커다란 눈망울을 깜박이면서 눈조차 마주치지 못하고 떨리는 목소리로 ‘모용화라고 해요’ 라고 말했다.

모용화의 눈망울은 남자라면 누구라도 보호해 주고 싶은

마음이 치솟게 할 정도로 사랑스러웠지만 영호선은 그보다는 그녀의 수줍은 태도 때문에 한 사람을 떠올렸다.

잠마원 서열 이백위 유은령.

외모는 서로 닮은 점이 없었지만 각성하기 전의 유은령의 행태가 딱 저러했기 때문에 영호선은 모용화를 보면서 '저런 인간들이 돌면 무섭지… 암, 그렇고말고' 라며 은근히 경계하는 마음을 품었다.

그 외 나머지는 그냥 보통 인간들이었다. 적당히 영준하고, 적당한 기준 위에 서 있는.

영호선은 한 사람 한 사람 돌아보며 마음속으로 평가를 내리면서 겉으로는 대자대비한 미소를 지었다. 형산에 처음 오를 때보다 지금은 더욱 군자검의 모습이 자연스러워져 다섯 쌍의 눈동자가 기묘하다는 듯 바라보는 시선마저 은근히 즐기는 상태였다.

그때 남궁추가 물었다.

"혹시 영호 성씨라면 서안의 은하금장과는 어찌 되시는지?"

영호선이 막 대답을 하려는데 그보다 빨리 제갈현학이 끼어들었다.

"허허허, 남궁 형은 세상에 영호라는 성을 쓰는 사람이 모두 은하금장 사람이라고 생각하시는 거요?"

"하하, 그렇긴 하군요. 하지만 혹시나 하는 마음에 물어본

거랍니다.”

남궁추가 계면쩍게 웃었다.

은하금장은 중원제일의 거부였고, 천하 상권을 좌지우지할 정도의 막강한 금력을 지닌 곳이었다. 황궁과도 밀접한 연관을 맺고 있다고 알려졌으나 정작 강호무림의 일에는 일절 관여하지 않은 것으로 유명했다.

그런 까닭에 형산의 영호선이 은하금장과 연관이 있다고 생각하는 것이 무리가 있었던 것이다.

영호선은 어떻게 말을 할까 고민했다.

제가 바로 은하금장 장주의 셋째 아들입니다, 라고 사실대로 말을 하자니 괜히 존재감만 커져 항마원에서 주목을 받을 것이 염려스러웠다.

그러나 또 한편으로 아니라고 하는 것도 거짓말을 하는 것이 되니 훗날 드러나면 왜 속였냐고 할 것 같았다.

영호선이 머뭇거리자 제갈혜미가 눈치를 살피다 얼른 입을 열었다.

“자, 출신이 어디이든 그게 중요한 건 아니잖니?”

그녀는 영호선이 망설이기만 할 뿐 대답이 없자 얼른 화제를 돌렸다. 은하금장이 영호가임에도 정작 이 형산의 영호선은 은하금장과 하등 관계가 없어 곤혹스러워하는 것 같았기 때문이었다.

“아, 그럼요. 물론이죠. 영호 형, 너무 마음에 담아두지 바십시오."

"맞습니다. 형산파의 명성이 하늘을 찌르는 듯한데 은하금 장이 대수겠습니까?"

남궁추와 제갈현학이 나름 어른스런 흉내를 내며 말했다.

영호선은 이들이 평소에도 이런 말투를 쓰는지, 아니면 이 자리가 나름 회의 자리기에 그런 것인지 알 수 없었지만 어린 놈들이 정이 안 가게 말한다고 생각했다.

또 가문에 대한 것도 막 밝히려던 차에 그냥 유야무야되자, 차라리 잘됐다 싶어 관음보살의 미소로 화답해 주었다.

제갈혜미가 입을 열었다.

"자, 이제 소개는 했으니 본격적으로 오늘 모임의 목적에 대해 이야기를 해보도록 하자. 사실 양빈에 대한 대책을 교관 님들과 상의해 보았는데 교관님들의 한결같은 의견은 교관이 나서게 되면 항마원 차원에서 대응하는 것이 되므로 원생들 선에서 해결하는 것이 좋겠다고 하시더구나."

이어 제갈혜미는 오대세가의 자제들이 나서는 것이 여러 문파의 모범도 되지 않겠느냐는 취지를 밝혔다.

남궁추가 말을 받았다.

"당연히 그래야죠. 저희가 먼저 나서야 했는데 죄송합니다. 양빈 때문에 항마원을 떠나겠다는 사람이 벌써 열 명을 넘어서고 있는데다 형산의 영호 형이 이젠 같은 방을 쓰게 된 마당이니 오늘 모임은 적절하다고 봅니다.”

똑똑 부러지듯 맑은 음색이었다.

모두 고개를 끄덕였다.

하북팽가의 팽연욱이 입을 열었다.

“문제는 방법입니다. 개방 제자들조차 양빈을 보면 도망간다지 않습니까? 들리는 소문에 의하면 개방의 방주님께서도 양빈에게 접근 금지령을 내렸다지요. 십 장 이내로 들어오면 쳐죽인다고 하면서 말이죠. 그러나 단지 그뿐 개방에서도 딱히 해결을 못하고 있는 마당이니 그게 문제입니다.”

팽연욱의 말에 모두 입을 다물었다.

잠시 좌중은 깊은 침묵에 잠겼다.

양빈과 함께한 지 일 년이 넘어가는 지금, 수많은 말로 설득해 보려고 했지만 양빈은 끄떡도 하지 않았다. 지금으로선 뭔가 특단의 조치가 필요했다.

침묵을 깬 것은 제갈현학이었다.

“제 생각엔 상식 밖의 양빈을 무너뜨리기 위해선 상식 밖의 대처가 필연적이라고 봅니다. 다수의 안녕을 위해 양빈을 함정에 몰아넣어 쫓아내는 거죠.”

“함정이라면 모함을 하자는 건가요?”

덩치가 산만 한 황보청우가 덩치와 근엄한 얼굴과는 반대로 아이가 놀란 투로 물었다.

제갈현학이 고개를 서었다.

"모함이 아니죠. 양빈이 해를 끼치는 것은 사실이니까요. 단지 양빈 스스로 죄책감을 느껴 항마원에서 제 발로 걸어나가게 하자는 겁니다."

그 말이 떨어지자 곧바로 동조하는 이와 반대하는 이들로 나눠졌다. 남궁추와 팽연욱이 찬성한 반면, 황보청우와 모용화는 소심한 목소리로 반대했다.

회의를 주재한 제갈혜미는 잠시 모두를 조용히 시킨 후 영호선을 향해 물었다.

"양빈으로 인한 가장 큰 피해자가 될 텐데 네 생각은 어떠니?"

모두의 시선이 영호선에게로 향했다.

영호선은 자비로운 미소와 함께 입을 열었다.

"네, 소인이 말씀드리겠습니다. 혹시 여러분들은 양빈님의 거처에 들어와 보신 적이 있으신지요?"

좌중은 말없이 침을 삼켰다.

거길 대체 왜 들어가 본단 말인가. 그저 걸어다니는 것을 보는 것만으로도 충분히 충격적이거늘.

영호선이 말을 이었다.

"침대는 썩어가고 이불 대신 거적이, 온 벽면엔 거미줄이 가득하지요. 냄새 또한 상큼하지 않았습니다. 예전에 제가 반점에서 한 분을 만난 적이 있었는데 그분은 점소이가 국물을 옷에 흘렸다고 대노하셔서 제가 직접 그분의 옷을 빨아드린 적이 있었습니다."

모두들 백번 이해한다는 듯 고개를 끄덕였다. 그러면서 한편으로는 옷을 도대체 어떻게 빨아주었는지에 대해 의문을 품었다. 보면 볼수록, 들으면 들을수록 기묘한 사람이라는 것이 모두의 생각이었다.

"그러나 양빈님은 다릅니다. 어떤 분은 곱게 화장을 하고 단장하는 것이 즐거움이겠고, 또 어떤 분은 썩어가는 냄새를 향기롭게 느낄 수 있는 것이지요. 저는 양빈님이 옷을 빨아달라고 하면 이틀이 걸릴지라도 빨아드릴 수가 있습니다. 만약 때를 밀어달라고 하신다면 한 달이라도 그렇게 해드릴 수 있습니다. 하지만 양빈님이 원치 않으시고, 현재의 모습을 기뻐하시니 전 그저 바라볼 뿐이지요. 명백히 말씀드릴 수 있는 것은 전 그분과 같은 방을 쓰게 되어 기쁘게 생각하고 있다는 것이지요. 그래서 양빈님이 항마원을 떠나는 것은 반대입니다."

길고 장황한 말에 모두 넋이 나가 영호선을 바라봤다.

그들은 영호선의 말 중 '양빈의 때를 밀 수 있다'는 것을 생각하는 중이었다.

모용화가 수줍게 말했다.

"저기… 정말 때를… 밀 수 있으세요?"

영호선이 빙긋 웃었다.

"물론이지요."

"허, 정말 초강수로군요."

남궁추가 탄식하듯 말했다.

황보청우가 목젖이 울리도록 침을 삼켰다.

제갈현학은 인상을 찡그렸다.

모용화는 가슴에 손을 얹고 불편하게 숨을 쉬었다.

팽연욱은 입을 쓰게 다셨다.

교관 제갈혜미는 지그시 눈을 감았다.

그들은 이제껏 양빈의 때를 씻겨낸다는 것은 단 한 번도 생각해 본 적이 없었다. 그 몸의 때를 씻긴다고 과연 씻겨 나갈 것인지도 의문이었다.

반년이 지난 일이지만 마치 어제 일처럼 양빈의 만행이 떠올랐다.

무산파 제자 장효곡과 양빈이 비무를 하게 되었을 때였다.

양빈은 무기로 쓸 것이 마땅치 않다면서 그 자리에서 팔뚝을 걷고 때를 밀어서는 때막대기를 만들었다.

즉석에서 만든 신무기로 양빈은 장효곡의 머리를 후려쳐 기절시켰다.

그것을 항마원생 거의 대부분이 지켜봤고, 인간의 몸에서 벗겨낸 때, 그것도 고작 팔뚝 부위에서만 벗겨낸 때가 그 정도의 굵기와 길이의 몽둥이로 활용될 수 있다는 것에 놀라움을 금치 못했다. 하지만 그보다 더 놀라운 사실은 때로 막대기를 만들었음에도 양빈의 팔뚝에서는 살결을 찾아볼 수가 없었다는 점이었다.

당시 항마원생들은 그 즉시 구토를 연발하여 항마원은 시큼한 냄새로 순식간에 난장판이 되어버렸다.

"우읍!"

가슴을 문지르던 모용화가 결국 참지 못하고 구역질을 했다.

그것이 시작이었다.

"우욱!"

제갈혜미가 손으로 급히 입을 틀어막았다.

구역질이 구역질을 부르는 상황!

두 사람의 구역질은 곧바로 다른 사람들에게로 전염되었다.

"읍!"

촤르르르.

남궁추가 둥그런 탁자 위에 끝내 토사물을 멋지게 뿌렸다. 저녁 식사 때 먹었던 것들이 무엇이었는지 가르쳐 주겠다는 듯 생생한 음식물들이 탁자 위로 나열되었다.

제갈혜미는 입을 틀어막은 채로 즉시 창을 열고 튀어나갔고, 그 뒤를 모용화가 따랐다.

팽연욱도 질세라 뛰쳐나갔다.

그들 모두는 그만 양빈의 옷을 모두 벗겨내고 씻어내는 자신의 모습을 상상하고 만 것이었다.

벗겨도 벗겨도 신비롭게 말아 올려지며 끝없이 밀려나오는 때였다. 생각하면 안 된다고 마음에 외칠수록 더욱 그 장면이 생생하게 머릿속에 떠올랐다.

운몽각을 빠져나간 네 사람은 벽을 짚기도 하고, 엎드리기도 하고, 웅크리기도 하면서 꾸역꾸역 모조리 토해냈다.

이제 됐겠지 싶으면 다시 나오고 또 나왔다. 나중에는 침을 질질거리며 숨을 헐떡일 정도가 되어서야 겨우 속이 진정되었다.

비위가 약해 탁자 위에 가장 먼저 쏟아버린 남궁추는 자신이 저지른 광경을 보며 참담함을 금치 못했다. 명색이 남궁세가의 자제로서 도저히 해서는 안 되는 추접한 짓을 저질러 버린 것이다.

그 소란스러운 광경들을 영호선은 표정 하나 변하지 않고 고요히 지켜봤다.

양빈도 양빈이지만 이것들도 더럽기가 말로 할 수가 없었다. 똥도 안 쌀 것처럼 고상을 떨더니 양빈과 다를 바 없는 평범한 인간이란 것을 낱낱이 드러내 버리고 있지 않은가.

'어휴, 이 더러운 새끼들!'

영호선은 망연자실한 남궁추를 지그시 보다가 다른 사람들과 달리 과묵하게 의자에 못 박힌 듯 앉아 있는 황보청우를 응시했다.

'이놈은 그래도 좀 낫군.'

그런데 그때였다.

"우웁!"

황보청우가 구역질을 하더니 볼이 부풀어 올랐다.

꽉 다문 입술 사이로 국물이 새어 나왔다.

황보청우는 흘깃 영호선을 쳐다보더니 두눈을 질끈 감고 꿀꺽꿀꺽 소리를 내며 목젓을 출렁였다.

이내 볼풍선이 사라졌다.

'먹어? 이런 망할 새끼.'

영호선은 탁자째로 들어 황보청우의 머리를 찍어버리고 싶은 충동을 참아내느라 안간힘을 써야 했다.

'이 새끼야, 네놈이 제일 추접해!'

반개한 눈으로 고요히 응시하는 영호선의 시선을 느낀 황보청우가 소맷자락으로 입술을 닦고는 개미 같은 목소리로 말했다.

"미안……."

꼬마가 장난하다 들킨 후 혼날까 봐 기죽은 목소리를 내는 듯했다.

그사이 남궁추는 죽을상을 하고 웃옷을 벗어 탁자를 닦고 있었다.

'아휴, 아주 지랄들을 해라.'

영호선은 이곳이 잠마원이 아닌 것이 한스러울 지경이었다. 잠마원에서 누군가 이런 추접한 짓을 했다면 위장을 도려

내 버렸을 것이다.

얼마 지나지 않아 운몽각 안으로 뛰쳐나갔던 네 사람이 돌아왔다.

아까와 달리 내부 공기는 토사물의 잔존향이 맴돌았다.

남궁추가 닦는다고 애를 썼지만 옷으로 훔쳐낸 것이 전부라 탁자도 깨끗한 상태가 아니었다.

과격한 토악질에 여섯 사람의 안색은 백지장처럼 새하얗게 변해 있었다. 그들은 허탈하고, 창피하고, 화가 나는 복잡한 마음 상태에서 하나같이 변함없이 고요한 신색의 영호선을 보며 놀라움을 금치 못했다.

아무리 영호선이 양빈의 때의 실체를 본 적이 없다고 해도 집단으로 구토를 하는 이 상황에서 평정을 유지한다는 것은 결코 범인의 모습이 아니었기 때문이다.

웃는 듯 마는 듯 신비스러운 미소를 띠고 있는 것이 진실로 부처님의 현신이 아닌가 싶을 정도였다.

제갈혜미가 가까스로 입을 열었다.

"아무래도… 양빈에 관해서는…… 당분간 거론하지 않는 것이 좋겠구나."

남궁추와 제갈현학, 모용화와 팽연욱, 그리고 황보청우가 동시에 고개만 끄덕였다.

그들은 제갈혜미가 말을 할 때마다 구토의 진한 향취가 풍기자, 차마 입을 열 엄두를 못 낸 것이었다.

제갈혜미가 다시 악취를 풍겼다.

"새삼 양빈에게 놀라게 되는구나. 영호선, 네겐 미안하구나. 좋은 모습을 보여주지 못했어. 힘들겠지만 양빈과 잘 지내보렴."

영호선이 그저 양쪽 입가를 살짝 들어 올렸다.

그러나 속으로는 크게 고함을 내지르고 있었다.

'야! 위장이 썩은 거야, 뭐야! 무슨 여자가 냄새가 이리 고약해! 매일 남몰래 술이라도 마시냐!'

첫날밤!

이제 막 혼인한 부부에겐 꿈결같은 시간일 것이리라.

누구에게나 첫날밤이라는 의미는 남다른 것이니까.

영호선에게도 이 밤은 항마원의 첫날밤이었고, 도저히 잠들 수 없을 만큼 뒤척이는 밤이었다.

오대세가의 온갖 추악한 행태를 지켜보고 처소로 돌아오는 걸음이 어찌나 무겁던지.

어쩔 수 없이 들어와 그나마 깨끗한 침상에 올라 잠을 청하려는데 온갖 세상의 악취를 다 모아놓은 듯한 냄새 때문에 잠을 잘 수가 없었다. 인간에게 냄새를 맡을 수 있는 코가 달려 있다는 것이 저주스러운 지경이었다.

바스락, 바스락.

오른쪽으로, 왼쪽으로, 다시 몸을 바르게 해보았지만 심란

함은 좀처럼 가시지 않았다.

　그때였다.

　"잠이 안 와?"

　양빈이었다.

　"네, 양빈님! 이제 막 잠이 들려고 했답니다."

　"음, 그렇구나. 항마원에 오니 흥분이 좀처럼 가시지 않지? 이해해. 나도 처음엔 그랬으니까."

　영호선은 속이 부글거렸다.

　양빈이 말했다.

　"아까 내가 말한 거 기억나? 내가 불면증 하나는 끝내주게 치료하는 재주가 있거든. 물론 아직 사부님을 따라가려면 멀었지만 말이야. 사부님은 방주 사숙이 잠을 못 잘 때면 방주 사숙의 코에 입을 가져다대고 하아, 하면서 입김을 쏘아 편히 잠들 수 있도록 도움을 주곤 하셨대. 나도 항마원에서 몇몇 불면증 가진 친구들을 도와준 적이 있어. 그런데……."

　양빈의 목소리가 침울해졌다.

　"아무도 고마워하지 않아. 내가 사부님의 기예를 위해 얼마나 오랜 숙성의 시간을 가졌는지 모르는 거야."

　영호선은 미약하게 몸을 부르르 떨었다.

　그러나 이내 정신을 추스르고 말했다.

　"양빈님, 누구에게 인정받기 위해 그러한 수고를 하신 것은 아니지 않습니까? 언젠가 때가 되면 모두들 진심을 알게 될 겁니다."

양빈이 벌떡 몸을 일으켰다.

"그렇겠지? 맞아. 내가 욕심이 지나쳤어. 하아, 역시 넌 부처님인가 봐. 좋아, 그럼 내가 이대로 잘 수는 없지. 숙성의 진한 맛을 네게 보여줄게."

양빈은 성큼거리며 다가왔다.

영호선이 이를 악물었다.

'이 새끼가 정말 보자 보자 하니까.'

벌떡 몸을 일으켜 말했다.

"양빈님!"

"응?"

"저는 괜찮습니다. 아껴두십시오. 양빈님의 마음만 받겠습니다. 이미 진심은 제 가슴속에 들어왔습니다."

양빈이 순간 굳어버렸다.

영호선은 어둠 속에서도 양빈의 눈빛을 똑똑히 확인할 수 있었다. 감동 비슷한 기운이 떠올라 있었다.

"아, 아껴두라고?"

"아껴두십시오. 양빈님에겐 그 무엇과도 바꿀 수 없을 만큼 소중한 것일 테니까요."

"영호선……."

양빈이 울먹였다.

"넌 정말이지…… 날 감동시키는구나. 눈물이 날 것 같아.

눈물이 나면 안 되는데……. 얼굴이 깨끗해지거든. 내가 소중히 여기는 것을 다른 누군가가 소중하다고 말하는 사람은 사부님을 제외하고 네가 처음이야. 방주 사숙도 날 보면 때려죽이려 하거든.”

“사람마다 소중한 것이 다른 게지요.”

“그렇다면 오늘은 아껴둘게. 하지만 다음번에 정 잠을 못 자겠거든 꼭 말해줘. 내가 손해를 보더라도 너에게만은 몇 번이고 입김을 쏘아줄 테니까.”

양빈이 그 말과 함께 침대로 기어들어 가자, 영호선은 오른손이 막 뻗어나가려는 것을 왼손으로 붙들었다.

‘참아야 해. 참아야 해. 영호선아, 정신 차려라. 조신하게! 이곳은 항마원이다. 부처님의 미소를 잊으면 안 돼.’

참을 인(忍)을 수없이 반복했다.

“영호선, 잘 자. 나 오늘 너무 행복해서 꿈속에서 분명히 개를 잡아먹게 될 것 같아.”

“네, 양빈님도 평안히 주무십시오. 소인도 잠을 청하겠습니다.”

얼마 지나지 않아 양빈의 숨결이 고르게 변하더니 옅게 코고는 소리가 났다.

영호선은 잠을 자보려고 했지만 역시 잠들 수가 없었다.

앞으로 이 년이나 남았는데 매일 이 곤욕을 치를 것을 생각하니 암담하기만 했다.

어떻게 해야 좋단 말인가!

만약 항마원에 오지 않았다면 지금쯤 형산의 깊은 곳에 동굴 하나를 파고들어 가 못다 이룬 검절의 검결과 마운천봉공을 익히고 있을 터였다.

생각이 거기에 미치자 영호선은 불현듯 머리가 관통되는 느낌을 받았다.

'굴?!'

속으로 외치고 보니 그럴싸했다.

동굴 파는 거야 지하 동부에서 이미 숙련된 솜씨를 발휘하면 되는 것이었다. 이 답답하기 짝이 없는 항마원에서 숨을 쉴 자신만의 공간이 생긴다면?

'흐흐흐, 이거 그럴싸한걸.'

곡괭이 한 자루와 삽만 구해오면 되는 일이었다.

생각이 거듭되자 반드시 지하 굴을 파야겠다 싶었다.

간과하고 있었던 일.

용천방의 부방주와 용천방을 급습했을 때 자신도 인지하지 못하는 사이에 튀어나오는 마공과 검절의 검예, 그리고 마운천봉공 등이 문제였다.

형산의 무공만을 펼쳐야겠다고 생각해도 기괴하게 몸이 자동으로 그 상황에 맞는 무공을 끌어내고 있었다. 통제할 수 없다면 항마원에서 무공을 드러내는 것은 극히 위험한 일이었다. 미세한 연결 동작만으로도 의심을 사기에 충분할 터.

마음이 이리저리 헝클어지면서 몸 또한 제멋대로 움직이는 셈이었다. 마운천봉공이 진전을 보이기 전에는 현재로서는 몸을 사려야 했다.

영호선은 슬쩍 고개를 돌려 양빈을 바라봤다.

자신은 고민에 휩싸여 있는데 새근새근 잘도 자고 있었다. 한참을 보고 있자니 괜히 부하가 치밀어 올라 견딜 수가 없었다.

'저놈을 어떻게 해야 돼.'

영호선은 이를 앙다물고 양빈 곁으로 기척없이 접근해 양빈의 가슴을 찍었다.

파팍!

"으흠……."

양빈이 옅은 신음 소리를 내며 꿈틀거렸다.

수혈을 찍었으니 아침까지는 천둥번개가 내리쳐도 깨어나지 않을 터였다.

"흐흐, 양빈! 넌 몽유병에 걸린 게야."

영호선은 양빈을 거적에 감싸 은밀한 신형으로 방을 빠져나갔다.

사위는 쥐 죽은 듯 고요하고 깊은 어둠이 내려앉아 있었다.

이내 몸을 숫구쳐 지붕 위로 올라가 양빈을 잘 널어놓았다. 그런데 막상 그렇게 두고 떠나려니 마음에 들지 않았다. 다시 잘 감싸 이번에는 화단 구석에 몸을 구겨 넣었다.

"흠…… 이게 아닌데……."

이번에도 영 성에 차지 않았다.

다시 양빈을 들고 영호선은 신형을 날렸다.

이윽고 한곳에 도착한 영호선의 얼굴이 환하게 밝아졌다.

'흐흐, 여기가 딱이군. 잘 자라, 양빈!'

다리와 팔을 잘 접어 실컷 구겨 버린 채로 한쪽 귀퉁이에 박아두었다. 거적 이불도 가슴까지 잘 덮어주었다.

第四章
활불의 길
第四章

# 潛魔劍仙

잠마검선

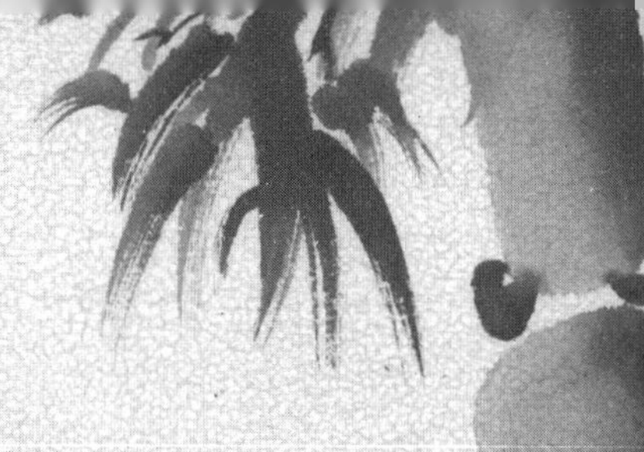

"끼야야약!"

미명이 밝아오는 이른 아침 한줄기 비명이 항마원을 떨어 울렸다.

비명을 내지른 건 화산파의 여제자인 황빙빙이었다.

그녀는 아침에 속이 거북해 배를 움켜쥐고 뒷간으로 가 일을 마치고 옷을 추스르던 중 뒤쪽에서 부스럭거리는 소리가 들리자, 뒤돌아보고 경악하고 말았다.

배가 아려 너무 급한 나머지 뭔가 새까만 것이 뭉쳐 있는 것을 자세히 보지 못했는데, 그 덩어리가 꿈틀거리며 일어나는 것을 보고 만 것이다.

그건 믿을 수 없게도 사람이었고, 게다가 남자였으며, 자신은 그 앞에서 큰 볼일을 본 것이라는 사실이 속을 뒤집어엎어 비명을 지를 수밖에 없었다.

황빙빙은 미처 누구인지 생각지 못했지만 그 정체불명의 새까만 덩어리는 양빈이었다.

양빈은 주변을 돌아보다 머리를 갸우뚱거렸다. 왜 잠에서 깨어나 눈을 떴는데 황빙빙이 보이는지 이해할 수가 없었다.

"꺄아아악… 꺄아아악……!"

황빙빙은 입이 찢어져라 비명을 내질렀다.

양빈이 눈을 말똥거리며 물었다.

"무슨 일이야? 어떤 놈이 괴롭히는 거야?"

황빙빙은 잠시 비명을 멈췄다.

그러나,

"꺄아아아악~"

비명은 더욱 높아졌다.

누군가 했더니 개방의 양빈이라는 것을 확인하니 더욱더 견딜 수 없게 되고 만 것이다.

비명은 내공이 실려 있지 않았음에도 불구하고 원생들을 불러 모으기에 충분했다.

쉭쉭… 쉭쉭…….

경공을 펼쳐 분분히 모여드는 이들 중엔 몇몇 교관들도 있었다.

황빙빙이 뒷간에서 삼 장 정도 떨어진 곳에서 비명을 내지르고 있었고, 훤히 열린 뒷간의 문, 그것도 여자용 쪽에 양빈이 앉아 있는 것을 확인한 이들은 경악을 금치 못했다.

이건 명백히 성추행이었다. 들으나마나 양빈이 몰래 엿보려다 황빙빙에게 걸리고 만 것이리라.

여교관 제갈혜미가 황빙빙 곁에 다가가 몸을 끌어안아 진정시켰다.

지난밤 양빈대책회의에 참가했던 이들은 성추행까지 한 양빈이 이번 일로 더 이상 항마원에 머무는 일은 없을 것이라 생각했다. 격하게 구토했던 아픈 추억이 조금이나마 위로가 되는 순간이었다.

그때였다.

양빈이 영문을 알 길 없다는 듯 눈을 깜박이더니 이내 두 팔을 들어 올려 길게 기지개를 켰다.

"아아함~ 잘 잤다."

"……."

"……."

모두들 황당함에 겨워 양빈을 바라봤다.

'아아함?

'잘 잤다?

이게 무슨 자다 봉창 두드리는 소리란 말인가. 해괴한 짓이 평범한 일상이 된 양빈이라지만 이 경우는 도가 지나친 일이었다.

양빈이 천천히 걸어나왔다.

"아, 정말 푹 잤네. 근데 빙빙은 왜 비명을 지른 거야?"

양빈이 영문을 모르겠다는 듯 묻다 아무도 대답을 하지 않고 일부는 넋 나간 표정으로, 또 일부는 혐오스런 표정을 짓고 있는 것을 보고 그제야 눈이 휘둥그레졌다.

"어? 뭐야? 설마 내가 여기서 잔 거야?"

이제야 정신이 든 모양이었다.

모두는 양빈이 드디어 미쳐 버린 것인가 싶었다.

양빈이 가쁘게 숨을 몰아쉬었다.

격정에 휩싸인 것처럼도 보였다.

그리고,

"애들아! 기뻐해 줘."

"……."

모두 숨을 죽였다.

"나… 각성했나 봐. 전혀 기억이 안 나. 이럴 수가! 나도 모르는 사이에 내가 뒷간에서 잠을 자다니. 하하하하! 이건 마치 생사현관이 타통된 기분인걸."

모두의 인상이 와락 구겨졌다.

인간이 돌아버리는 방법 또한 범상치 않았다.

그러나 모두가 속으로 온갖 욕을 쏟아내고 인상을 찡그리고 있을 때, 오직 한 사람만은 무리의 뒤편에 서서 부처님의 자비로운 미소를 짓고 있었다.

　온갖 멸시와 지탄을 받으며 양빈이 처소로 돌아왔을 때, 먼저 들어와 있던 영호선은 양빈이 들어오기 무섭게 큰절을 올렸다.
　"오물신개님, 소인의 절을 받으십시오."
　넙죽 엎드린 것은 물론이고, 가슴이 절절해지는 음성에 양빈은 눈을 동그랗게 떴다.
　"영호선, 갑자기 왜 그래?"
　영호선은 머리를 깊게 숙인 채로 말했다.
　"소인은 오물신개 양빈님께 진심으로 탄복하였습니다. 원래 걸인의 길이란 재물을 소유하지 않을 뿐 아니라 따로 정해진 잠자리가 없는 법인데, 양빈님께서 오늘 뒷간에서 스스로 잠을 청하신 것은 진정한 걸인의 모습이셨습니다. 세상 누가 있어 그러한 마음을 가질 수 있겠는지요. 그리하여 저는 그 거대한 가르침에 머리 숙여 예를 표하지 않을 수 없었습니다."
　양빈이 턱을 어루만지며 지그시 눈을 감았다.
　듣고 보니 백번 옳은 말이었다. 사부님의 가르침과도 일맥상통한 부분이 있었다.
　'아, 정녕 그러하구나. 난 왜 꼭 처소에 들어와서 잠을 자려고 했을까? 거지가 집이 어디에 있다고. 중원 천지가 모두

나의 집이거늘.'

　걸인의 길을 간다면서 사실은 호화롭게 살았던 것이 아닌가. 양빈은 크게 반성하고 지난날을 후회했다.

　"고맙다, 영호 부처님!"

　영호선이 깊숙이 엎드린 채로 한쪽 입꼬리를 들어 올렸다.

　'후후, 그래. 오늘부터는 나 혼자 편안히 잘 수 있겠구나. 고맙다, 이 자식아.'

　영호선이 바라는 것은 간단했다.

　그냥 조용히 항마원에서 시간을 죽이며 보내는 것.

　양빈이 알아서 처소를 나가게 되었으니 이제 곡괭이로 바닥을 파고들어 가 지하 동부만 만들면 되었다.

　황빙빙은 하루 종일 정신이 하나도 없었다.

　식욕이 없어 아침부터 저녁까지 밥 한 숟가락, 물 한 모금 마시지 않았다. 교육도 오전에만 하고 오후에는 병가를 냈다.

　인적이 드문 곳에서 저무는 석양을 보고 있어도 석양의 아름다움은 눈에 들어오지 않았다.

　십칠 세의 꽃다운 나이!

　이제껏 단 한 번도 벌거벗은 몸을 외간 남자에게 보인 적이 없는 그녀였다. 고운 몸이 드러난 것이라 할지라도 그 부끄러움을 감당치 못할 것인데, 뒷간에서 엉덩이를 깐 채로 항문이 터져라 부지직거리며 똥을 싸지른 것을 개방의 양빈에게 보이고 만 것이다.

죽음보다 더한 고통이 온몸을 휘감았다.

차라리 목을 매 자살을 할까도 싶었다. 하지만 이내 생각을 접었다.

저승에 가서 염라대왕과 저승사자가 '죽음의 이유' 라는 책을 펼치고는 '자살의 이유가 고작 이거냐? 아주 가지가지 하는구나' 라며 끌끌 혀를 찰 것 같았다.

또르르…….

결국 눈물을 흘리고 말았다.

"미안……."

항마원에 입부한 뒤 서로 첫눈에 호감을 갖게 되어 사랑을 쌓아가고 있는 그의 얼굴을 앞으로 어떻게 본단 말인가.

그와는 고작 손을 잡은 것이 전부였거늘 양빈에겐 모든 것을 다 까 보인 것이다.

두 쌍의 눈에 의문이 가득 떠올랐다.

황빙빙이 앉은 곳으로부터 먼발치에서 아까부터 그녀를 바라보고 있던 두 사람이었다.

"아미타불! 시주, 이 영명하기 이를 데 없는 광료신승이 보기엔 심히 이상하구려."

입을 연 것은 소림 제자 광료였다.

반들거리는 머리에 이마로는 계인이 선명했다. 툭 불거진 광대뼈에 부리부리한 눈매는 계인만 없다면 산적이라고 해도 믿을 수 있을 정도로 험악하기 짝이 없었다.

음성도 맷돌을 가는 듯 쩍쩍 갈라져 아미타불이라는 불호가 저주의 주문처럼 여겨질 정도였다.

그 곁에 선 무당 제자 서중휘가 말을 받았다.

"그래, 이상한 일이야."

서중휘는 사내라고는 믿어지지 않는 백옥같이 고운 피부에 이목구비가 반듯하고 티끌 한 점 묻지 않은 백의를 걸치고 있었는데, 거기에 형형한 눈빛이 어우러져 가히 기재라는 말이 어울릴 정도의 외모를 지니고 있었다.

특히 광료와 함께 있으니 그 대비가 더욱 뚜렷해 서중휘는 더욱 돋보였다.

"아미타불! 양빈 그 거지 새끼가 뒷간에서 모습을 드러냈다지만 황 소저의 반응은 꽤 심하구려."

광료가 맷돌 가는 목소리로 나직이 쌍욕을 뱉었다.

소림의 제자가 부처님의 가르침과는 반대로 험악한 욕설을 내뱉었으나 서중휘는 이미 익숙한지 그저 황빙빙 쪽만 바라볼 따름이었다.

두 사람 다 아침나절에 양빈의 행태를 목격한 터였다.

양빈이 뒷간에서 잠을 잔 것은 꽤 심한 짓이었지만 다른

사람도 아니고 양빈이라면 그러려니 할 수 있는 부분이었
다.

　양빈을 최초로 발견한 황빙빙이 비명을 지른 것도 이해할
수 있었다.

　문을 열어보니 엉뚱하게도 거지가 쭈그리고 있는 걸 보고
놀라지 않을 사람이 어디에 있겠는가. 그러나 지금 황빙빙의
모습은 지나칠 정도로 심각했다.

　사실 광료와 서중휘뿐 아니라 모든 이들도 아침 사건의 실
체를 모르고 있었다. 만약 양빈을 뒤에 두고 황빙빙이 새하얀
달덩이 같은 엉덩이를 여실히 드러냈다는 것을 알았다면 연
인인 서중휘는 아마도 돌아버렸을 터였다.

　"광료! 여자들이란 역시 예민한 존재인 걸까?"

　"아미타불! 서 시주, 중한테 여자에 대해 물어보는 건 싸가
지가 없는 짓이라오. 그냥 이 기회에 양빈의 팔다리를 부러뜨
려 병신을 만드는 것이 좋지 않겠소이까?"

　광료는 그러면서 자신이 중이란 것을 강조하듯 계인이 찍
힌 머리를 문질렀다.

　서중휘가 피식 웃었다.

　"양빈이 문제가 아닌 것 같은 느낌이야. 개방의 불문율은
의를 행하라, 는 단 한 가지 계율인데 과연 양빈이 스스로 남
자 뒷간도 아니고 여자 뒷간으로 가서 잤을까? 게다가 양빈은
전혀 기억을 못하고 있었잖아."

"아미타불! 시주의 말을 듣고 보니 그렇구려. 양빈이 비록 쳐죽일 만한 놈이나 양아치새끼마냥 거짓말로 상황을 모면할 놈은 아니지요. 그럼 서 시주의 말씀은 누군가 양빈을 처박아 놓았다 이것인 게요?"

"내 생각은 그래. 자, 그럼 누가 그렇게 했을까?"

광료는 턱을 문지르며 고민스런 표정을 지었다.

"아미타불……. 어려운 문제로구려. 서 시주, 머리 복잡한 것은 내게 묻지 말아주시오. 머리가 복잡해지면 머리털이 빠지니 복잡한 건 머리카락 여유가 충분한 서 시주가 하는 것이 어떻겠소?"

서중휘가 말했다.

"검청회에서 손을 쓴 것이라면 이해가 되는데 말씀이야."

세가 쪽에서는 얼마 전 대책을 마련하려다 포기했다는 이야기를 들은 터였다. 그런 그들이 위험을 무릅쓰고 양빈을 들어 옮기는 수고를 하지는 않았을 것 같았다. 그 때문에 그다음으로 유력한 검청회를 지목한 것이었다.

전대 정파 최고수인 검절의 진정한 후예가 되겠노라 결성된 항마원 내 검학 무리였다. 꿈이 큰 만큼 그 실력 또한 가볍지 않았다.

광료가 고개를 저었다.

"아미타불! 그 새끼들은 굳이 그럴 이유가 없지요."

"흠, 그렇긴 하지. 그럼 누굴까?"
"아미타불! 양 시주가 꺼져주길 간절히 원하는 사람이겠지요."
"양빈으로 인해 가장 피해를 보는 사람이란 거지."
순간 두 사람은 동시에 서로의 얼굴을 보며 외쳤다.
"영호선!"
"활불!"
그러나 이내 광료는 고개를 저었다.
"아미타불! 활불은 아닐 게요. 염병할, 소림 제자가 형산의 제자에게 부처님이란 소리를 하게 될 줄은 꿈에도 몰랐소만 그래도 대자대비한 부처님께서 그런 망나니짓을 했을 리가 있겠소?"
"그건 모르는 일이야. 제아무리 부처님이라 해도 양빈과 함께 지내다 보면 돌아버릴 테니까. 후후, 아니면 단지 부처님 가면을 쓰고 있는지도."
"아미타불! 가면이라. 내가 한번 만나보겠소이다."
"그래. 활불이라… 활불이 가면을 쓰고 있는 것이라면 재밌겠는걸."
광료의 눈이 번뜩였고, 서중휘가 빙긋 웃었다.

기괴한 광경이었다.
부저님을 보시는 소림 제자가 부저님을 패고 있었다.

부처님은 소림의 나한권에 맞을 때마다 비명을 내지르며 바닥을 뒹굴었다.

휘엉청 떠오른 달마저 민망한지 가끔 구름 속으로 온전히 자취를 감췄다가 다시 궁금함을 참지 못하고 고개를 내밀길 반복했다.

일각가량 권을 내지르던 광료는 나뒹군 활불을 보며 난감한 표정이 되고 말았다.

"아미타불! 정말 개뼈다귀 같구려. 영호 시주는 정녕 이 정도로 형편없었던 것이오?"

제십오연무장에서 영호선의 정체를 파악하고자 손을 쓴 것인데 막상 손을 섞어보니 이건 삼류무사의 수준조차 되지 않았다.

고작 나한권에도 맥을 못 추다니. 이건 아무리 생각해도 이해할 수 없는 일이었다. 도대체 항마원에는 어떻게 입부하게 되었는지 궁금할 지경이었다.

지켜보던 서중휘도 인상을 찡그렸다.

저런 실력으로 양빈을 처박아둘 수는 없는 것이다. 양빈이 비록 추접하기 이를 데 없지만 결코 무공이 허술한 것이 아니란 것을 직접 경험해 보았기에 잘 알고 있었다.

광료나 서중휘가 인상을 찡그릴 때, 영호선이 널브러졌다가 천천히 몸을 일으켰다. 그러다 몸을 가누기 힘든지 한차례 몸을 비틀거렸다가 이내 공손히 머리를 숙였다.

"광료님의 무공은 고절하기 이를 데 없군요. 많은 것을 배울 수 있었습니다. 소인 감사드립니다."

광료는 할 말을 잃었다.

맞아도 화를 내지 않고 도리어 진심 어린 감사라니.

"아미타불, 개 풀 뜯어먹는 소릴 하는 이 인간은 도대체 뭐란 말입니까?"

비무를 구성하기 위해 주변에 자리 잡은 다른 기재들 또한 멍해져 버리고 말았다.

광료의 무위가 대단하지라 이길 것이라고는 생각하고 있긴 했어도 형산의 이름이 아까울 정도로 영호선은 맥없이 무너졌다. 그런데 또 심하게 구겨진 사람의 반응이 도저히 상상하기 힘든 것이었다.

서중휘 또한 입을 쓰게 다셨다. 괜히 멀쩡한 사람을 패대기친 것일 뿐이었다.

영호선이 말했다.

"소인은 이만 돌아가 보겠습니다. 훗날 화풀이할 데가 없거든 언제든 저를 불러주십시오. 분명 신명나게 패시다 보면 분노도 눈이 녹듯 녹아내리고 말 것입니다."

그 말과 함께 영호선이 몸을 돌려 걸어가자 모두의 시선이 광료를 향했다.

입은 열지 않았지만 그들은 저마다 '화풀이였냐?' 라는 식으로 바라보았다.

서중휘는 고개를 설레설레 저었다.

광료가 쓰게 입맛을 다시며 모두를 향해 말했다.

"아미타불! 모두 처맞기 싫거든 눈깔 까시지요."

밤이 깊었지만 영호선은 침상에 걸터앉아 이를 바드득 갈았다.

양빈은 광료의 폭행에 한참이나 광분하다가 오늘 밤부터 밖에서 잔다면서 나가 버린 뒤였다.

사실 영호선은 광료가 갑자기 들이닥쳐 비무를 청하는 말에 십오연무장까지 걸어가는 동안 수만 가지 생각을 했다.

성질 같아선 반들거리는 대머리에 잡초를 심어버리고 싶을 지경이었지만 문제는 아직까지 정련되지 않은 무공이었다.

형산에 오르기 전 용천방의 부방주에게 마룡박격을 펼치려 했던 것을 떠올려 볼 때, 현재 상태는 부지불식간에 잠마원의 무공을 펼치거나 거기에 마운천봉공과 검절의 검예가 튀어나올 수도 있었다.

마운천봉공을 구성의 성취만 이루어도 자유자재로 원하는 무공을 수위에 맞춰 펼칠 수 있을 것 같은데 지금은 통제가 어려운 상황이었다.

그래서 고민 끝에 내린 결론은 그냥 '맞자' 였다.

방법이 없었다. 괜히 가공할 무위를 드러냈다가 과거가 탄로나는 것보다 그것이 백배 나았다.

형산의 명예도 중요하지만 일단 과거의 과오를 숨겨야 했다.

그런데 정작 맞고 보니 성질을 참을 수가 없었다.

'광료, 조금만 기다려라.'

바드득…….

이를 갈아붙이며 본격적인 작업에 들어갔다.

양빈은 밖에서 알아서 잠을 잘 터.

침대를 끌어당겨 중앙 쪽으로 옮겼다.

그러자 침대가 빠져나온 바닥에 미리 갖다 놓은 곡괭이 한 자루와 삽이 모습을 드러냈다.

곡괭이를 쥐고는 마운천봉공을 운용해 주변을 진기로 막을 쳤다. 곡괭이가 바닥을 찍어도 소리는 진기의 벽에 갇혀 외부로 퍼져 나가지 않을 것이었다. 바닥이 흔들리는 것 또한 감안해 한 손바닥은 바닥에 대고 흔들림을 해소시킬 준비를 했다.

캉! 캉! 캉!

처소의 바닥이 깨져 나갔다.

바야흐로 비밀 지하 동부를 위한 첫 곡괭이질이 시작된 것이다.

항마원의 교육은 그다지 매력적이지 않았다.

검절의 검예와 광마혈성으로부터 마운천봉공을 전수받은 영호선이 아니던가. 교육을 받는 시간이 아깝다는 생각까지 들 지경이었다.

그러나 영호선은 거기에 불만을 가질 여유가 없었다.

오로지 항마원에서는 조용히 튀지 않고 지내고 싶은 마음이 간절할 따름이었다.

하지만 일이 꼬이려고 하니 전혀 엉뚱한 방향에서 꼬여 들어갔다.

그것은 소림 제자 광료와의 비무가 낳은 결과였는데, 그날 이후로 비무를 청하는 기재들이 영호선 앞에 줄을 설 정도라는 것이었다.

항마원은 구파일방과 오대세가, 그리고 칠각, 십궁이라 불리는 서른두 개의 거대문파의 제자들과 그 외 오십육 개의 중소문파의 제자들을 합해 총인원이 팔십팔 명이었다.

잠마원의 인원이 이백 명인 데 반해 항마원은 소수 정예를 표방하고 있었다.

이 중 영호선에게 비무를 요청한 이들은 바로 중소문파의 제자들 중 약 스무 명 정도였다.

그들 중 십여 명이 광료와 영호선의 비무를 참관하였고, 당시 참담하게 무너진 영호선에 대한 이야기는 어느덧 항마원에 모르는 사람이 없게 된 것이다.

그들이 비무를 청한 이유는 간단했다.

─구대문파의 제자를 한 번이라도 이길 기회다.

그 결과 영호선은 부처님 얼굴을 하고 동네북이 되었다.

잠마원에서 매일매일 때리는 데 익숙했던 영호선은 그 값을 치르듯 힝마원에서 속절없이 얻어터졌다.

정녕 인과응보라 할 만했다.

오늘만 벌써 세 번째였다.

그리고 지금도 바로 눈앞에 항주에 근거를 둔 송림문의 제자 이청이 공손히 읍을 하며 말을 하고 있었다.

"형산의 높은 무공을 견식할 수 있도록 기회를 주신 점 감사드립니다."

영호선은 속으로 코웃음을 쳤다.

높은 무공이라고 치켜세우는 것은 결국 그 높은 무공을 꺾고 이겼을 때 이청 자신이 더 대단하다는 것을 드러내기 위한 밑밥에 불과한 것이다.

그러나 영호선은 마음이야 어떻든 자비롭게 답했다.

"이청님이시로군요. 부디 손에 사정을 두시길 바랍니다."

그 말을 끝으로 영호선은 비명을 지르며 날아갔다.

"으아아악!"

영호선이 바닥에 널브러지고, 이청이 중얼거렸다.

"후후, 구대문파 중 하나인 형산은 결국 내 앞에 무릎을 꿇고 말았구나."

늘 이런 식이었다.

이청이 멋지게 폼을 잡고 돌아서자, 기다렸다는 듯 이번엔 또 다른 사람이 나섰다.

"청의방의 막겸이 비무를 청합니다."

막겸은 어서 빨리 명성을 쌓고 싶은 마음에 온몸이 근질거렸다. 서주의 패자로 불리는 청의방이지만 구대문파와 비견될 처지는 결코 아니었다. 형산의 제자를 시원하게 패대기칠 수 있는 기회가 어디 흔하겠는가.

영호선이 힘겹게 겨우 상체를 일으킬 뿐 일어나지 않자 막겸은 조바심이 나 휙 달려가 영호선의 몸을 부축했다.

그리곤 거의 들릴 듯 말 듯 귓속말을 속삭였다.

"뭘 꾸물거리는 거야. 어서 일어나."

영호선은 어처구니가 없어 막겸을 멍하니 바라봤다.

영호선은 결국 이날만 다섯 명과 비무를 하였고, 그때마다 처참하게 나뒹굴었다.

총 삼십오 회의 비무!

칠 일 만에 영호선이 맞이한 비무 상대의 숫자였다.

그리고 결과는 삼십오 전 삼십오 패.

하루에 한 사람의 비무 가능 횟수 오 회 제한이 없었다면 결코 삼십오 회의 비무로 끝나지 않았을 터였다. 사흘 전에 본 얼굴들이 오늘 다시 보이기도 했다.

영호선으로서는 정녕 이름도 들어본 적이 없는 문파의 제자들이었다.

형편없는 무공이 여실히 드러나 비무 요청은 줄어들었지만 그래도 이후 닷새가 지나기도 전에 어지간한 군소방파의 제자들은 거의 다 비무에 참여했고, 모두들 뿌듯함을 안고 돌아선 터였다.

그때마다 영호선은 언제나 대자대비한 관음의 미소를 지었고, 처음 광료에게 얻어맞고 내뱉었던 말도 꼭 덧붙였다.

"화풀이할 데가 없거든 언제든 저를 불러주십시오. 분명 흠씬 손을 쓰시다 보면 분노도 눈이 녹듯 녹아내리고 말 것입니다."

그렇게 군소방파의 기재들과 비무를 하며 얻어터지길 보름째가 되자, 더 이상 비무를 청하는 이는 단 한 명도 없었다. 그제야 영호선은 한숨을 돌렸다.

거대문파라 할 만한 제자들은 부끄럽다는 듯 눈도 마주치지 않았고, 군소방파의 제자들은 비무에서 확실히 뭉갰다고 생각하며 더 이상 관심을 두지 않았다.

비록 곤욕을 치르긴 했지만 결과적으로는 잘된 일이었다.

'흠, 기분은 더럽지만 앞으로는 있으나 마나 한 그런 존재

로 치부되겠지. 후후. 그래, 좋아. 난 이제 항마원에서는 그야 말로 투명한 존재로 살 수 있겠군.'

그러나 그것이 착각도 대단한 착각이란 것을 깨닫는 데는 채 하루도 걸리지 않았다.

문제는 참으로 엉뚱한 곳에서 터졌다.

있는 듯 없는 듯 존재감없이 하루를 보내고 있을 무렵 한 사람이 찾아왔다.

'응? 모용화?'

양빈대책회의 때 보았던 바로 그 모용화였다.

역시나 수줍음 가득한 모습이었다.

모용화는 가까이 다가와서는 몇 번인가 붕어처럼 입을 끔 벅일 뿐 소리를 내지 못했다.

답답한 마음에 영호선이 물었다.

"모용화님, 하실 말씀이 있으시면 편하게 하시지요. 소인, 들을 준비가 되어 있습니다."

영호선은 혹시라도 모용화가 엉뚱하게도 고백이라도 하면 당장 '사실 나는 고자외다' 라고 말할 준비를 했다.

모용화는 영락없이 유은령을 떠올리게 했기 때문에 저러 다 확 돌아버리는 여자를 항마원에서까지 만들고 싶지 않았 다.

모용화가 용기를 얻었는지 떨리는 음성으로 말했다.

"저기… 고민이 있어요."

영호선은 짜증이 확 났다.

도대체 언제 봤다고 사람이 또 다른 누군가를 이리도 쉽게 좋아할 수 있단 말인가. 유은령이야 칠현금도 타주고 눈물도 손으로 훔쳐 준 탓에 오해할 여지가 있었다고 해도 모용화는 제대로 말을 나눈 적도 없지 않았는가 말이다.

'젠장, 이게 진짜 미쳤나.'

"모용화님 말씀하십시오."

"저는…… 사람들의 눈을 똑바로 쳐다보지도 못하고…… 말도 잘 못해서…… 어떻게 하면 고칠 수 있을까… 늘 고민이거든요. 그래서……."

영호선은 안도하는 한편 어처구니가 없었다.

왜 그걸 나한테 와서 말하는 거냐! 내가 진짜 부처님이라도 되는 줄 알아? 앙! 부처님은 원래 말없이 입 다물고 있잖아!

그러나 이미 항마원 입부 때부터 활불이란 명성을 얻은 터라 그냥 꺼지라고 할 수는 없는 일이었다.

영호선은 돌아가지 않는 머리를 팽팽 돌리고는 말했다.

"모용화님의 근심이 심히 크시군요."

그 말에 모용화의 눈이 촉촉해졌다.

그녀는 아무에게도 속마음을 터놓지 못했었다.

하지만 형산의 활불이 항마원에 와 여러 사람들과 비무를 하여 매번 맞으면서도 늘 존중하는 마음을 잃지 않고, 도리어 격려히는 모습을 보고 이 사람이라면 자신의 아픔을 이해하고 치료해 줄 수 있지 않을까 생각했던 것이다.

그래도 혹시나 '무슨 그까짓 일로 고민입니까?' 라는 말이 나오면 어쩌나 근심했는데 진심으로 함께 아파해 주는 것을 보자 그만 눈물이 맺히고 말았다.

영호선이 말을 이었다.

"모용화님, 제게 좋은 생각이 있습니다. 그대로만 하신다면 분명히 모용화님은 다른 누구보다 더 자신감 넘치는 삶을 살아가실 수 있을 겁니다."

모용화가 눈물을 또르르 흘리더니 미소를 짓고 고개를 끄덕였다.

"그럼 제가 무슨 말씀을 드려도 그대로 하실 마음이 있으십니까?"

모용화가 다시 고개를 끄덕였다.

"네, 훌륭한 마음가짐이십니다. 사실 모용화님은 스스로 약점을 알고 계시는 것만으로도 이미 칠 할가량은 성공하신 것이나 다름없습니다. 게다가 그것을 고쳐야 한다는 의지까지 지니고 계시니 이미 변화는 시작된 게지요. 의외로 진리란 쉽습니다. 하루에 백 명입니다."

"네?"

모용화가 눈물 젖은 눈을 동그랗게 떴다.

"하루 백 명의 사람에게 먼저 말을 거십시오. 아무 말이나 상관없습니다. 날씨, 옷차림, 머리 모양, 다른 사람의 안색 등을 보시고 그때그때 먼저 말을 거시는 겁니다. 정 꺼낼 말이 생각이 안 난다면 이렇게 말씀하십시오. '항마원이 어디인지 아시나요?' 라고 말이죠."

"여기가 항마원인데 항마원을 물으면 모두 이상하게 보지 않을까요?"

"바로 그 점이 중요한 거지요. 항마원에서 항마원을 물으면 모두들 재밌다며 웃을 겁니다. 상대는 이내 경계심이 무너지고, 무슨 말이든 들을 준비가 되고 말지요. 다른 사람의 얼굴에 미소를 띠는 것은 그렇게 간단하고, 그로 인해 서로 행복해질 수 있는 거지요."

"아……."

모용화가 바보같이 입을 벌리며 감탄했다.

그리곤 이내 공손히 머리를 숙였다.

"그 말씀대로 해볼게요."

그녀는 활불의 명을 받들어 용기를 갖고 해볼 참이었다. 그것은 실제로 부처님의 지고지순한 명령이자 가르침 같은 느낌이 들었다.

"모용화님, 잊지 마십시오. 하루에 백 명은 꼭 채우셔야 합니다."

모용화가 돌아가자 영호선은 손으로 이마를 짚었다.

고민 상담이라니. 도대체 이게 뭐 하는 짓이란 말인가. 이러다 정말 부처님으로부터 상을 받을 것만 같았다.

그러나 그것이 끝이 아니었다.

밤이 깊어가 막 지하 동굴 작업을 하려고 할 때 또 한 사람이 찾아왔다.

이번엔 황보청우였다.

굳은 표정에 흔들림없이 강인한 눈매가 여전했다.

그리고 입을 열자, 어린아이가 칭얼거리는 것 같은 목소리가 새어 나왔다.

"저기요… 제가 고민이 있는데……."

영호선은 또다시 고민 상담이라는 말에 치를 떨고, 적응 안 되는 목소리에 다시금 소름이 돋는 것을 느껴야 했다.

'이것들이 단체로 미쳤나. 고민을 왜 내게 와서 말하고 지랄들이야!'

그것은 또 다른 시작이었다.

비무가 유행처럼 번져 모두가 비무를 청하였던 것처럼 고민 상담도 그러했다.

비무와 다른 점이라면 폭력이 없다는 것뿐이었지만 영호선은 몸이 아니라 이젠 골이 뽀개지는 것 같았다.

사실 영호선은 화가 날 뿐 그러한 이유를 몰랐지만 고민을 상담하는 이들은 한결같이 영호선을 절대적으로 신뢰하는 마음에서 고민을 털어놓고 있었다.

어떤 말이라도 비밀을 지켜줄 것이라는 것, 꼭 해결책이 아니더라도 따뜻한 말 한마디를 들을 수 있을 것이라는 것, 그

것만으로도 그들은 더 강해져야 하고, 가문의 명예를 지켜야
한다는 압박감으로 인하여 생긴 정신적인 문제 등을 해소하
고 싶었던 것이다.

남녀를 막론하고 고민 상담이 이어지고, 나중에는 고민뿐
아니라 거의 죄를 고하고 용서를 비는 경우까지 있었다.

영호선은 그 지경에 이르자, 정말이지 진짜 부처가 된 것은
아닌가 착각이 들 정도였다.

항마원 입부 한 달 보름째!

영호선의 하루 일과는 매우 간단했다.

있는 듯 없는 듯 교육을 받고, 이후 두세 명 정도의 고민 상
담과 고해를 들었다. 그리고 모두가 잠든 밤에는 침대 밑 구
멍으로 들어가 땅을 팠다.

그나마 양빈이 '사건' 발발 이후로 밖에서 이슬을 맞으며
잠을 청하고 있는 것이 작은 위안이었다.

지하 동부 건설은 꽤 진척이 있었다.

되도록 깊이 파자는 생각에 지면으로부터 약 이십여 장을
뚫고 들어갈 계획을 세웠는데, 대충 십오 장가량의 성과를 거
둔 것이다.

다른 이들이 모두 곤한 잠에 빠져 있을 때, 영호선은 이 밤
도 쉬지 않고 곡괭이를 휘두르고 삽을 쑤셔 박았다.

캉캉캉!

척척척!

곡괭이는 흙 속에 암석이 박혀 있을 때 사용했다.

사실 작업 인원이 한 명만 더 있었더라도 진작 끝났을 일이 긴 했다. 왜냐하면 흙을 파내고, 그것을 압착하는 과정을 동료가 해준다면 시간을 훨씬 더 절약할 수 있을 것이기 때문이었다.

흙을 외부로 가져가 버리고 오지 못하기에 파 내려온 통로의 벽에 진기를 이용해 흙을 발라 압착시키는 작업을 병행해야 했고, 그만큼 시간 소모가 많았던 것이다.

캉캉캉!

영호선은 바닥의 돌이 의외로 두껍자 짜증을 내며 곡괭이를 연신 휘둘렀다.

"그래, 나랑 해보자는 거냐!"

오기가 난 영호선은 다른 방향으로 돌아 파지 않고 정면으로 밀어붙였다.

곡괭이가 지날 때마다 암석이 움푹 파이고 깨어져 나갔다.

캉캉캉!

"이 자식아, 썩 물러가지 못할까!"

크게 외치며 곡괭이를 휘둘렀다. 곡괭이에 강기가 맺히며 암석을 강타했다.

쾅!

굉음이 나면서 암석이 완전히 박살났다.

그 순간이었다.

쏴아아아…….

영호선은 눈을 부릅떴다.

'이런 씨발… 뭐야!'

암석이 깨지면서 물이 솟구친 것이다. 마치 기다렸다는 듯이 터져 나오며 사방으로 솟아오른 물이 순식간에 허리까지 차올랐다.

영호선은 눈앞이 캄캄해졌다. 재수가 없어도 이렇게 없을 수 있단 말인가. 하필이면 지하 수맥을 건드려 버린 것이다. 정말 되는 일이 하나도 없었다.

물이 솟구치는 양이나 속도로 볼 때 일각도 되지 않아 그동안 파놓은 통로를 타고 올라간 물이 처소는 물론이고 항마원을 흥건히 적셔 버릴 것 같았다.

영호선은 황급히 벽을 향해 장력을 날렸다.

펑펑펑…….

벽이 무너지며 흙더미가 떨어졌다. 그러나 그 정도로 메워질 수맥이 아니었다.

"와우, 쌍! 정말 왜 하는 일마다 꼬이냐고!"

욕을 뱉으며 영호선은 결국 호신강기를 끌어올리고 물속으로 잠수해 들어갔다.

*　　　*　　　*

항마원주는 한 사람을 떠올리고 슬며시 미소를 지었다.

고작 입부한 지 한 달이 지났을 뿐이지만 그 한 사람으로 인해 항마원에 훈풍이 불고 있었다.

"진정 활불인 게야."

그 누가 있어 그 끝없는 비무에 얼굴색 하나 바꾸지 않고 응할 수 있을 것인가. 그것도 매번 참담한 패배를 당하면서 말이다. 강호인들은 협객을 높다 하나 어찌 활불에 견줄 수 있으랴.

영호선은 또한 항마원의 뭇 기재들의 고민까지 귀 기울이며 그들의 아픔을 헤아리고 있으니, 그것은 항마원주인 자신이 부끄러울 지경이었다.

문득 밖에서 기척이 들리자 항마원주의 입가에 웃음이 더 짙어졌다.

'이제 오는 모양이구나.'

곧이어 문이 열리고 영호선이 들어섰다.

"소인 영호선, 원주님을 뵙습니다."

"앉거라."

영호선이 탁자 맞은편에 앉았다.

항마원주는 영호선의 입술이 찢어진 것을 보고 안타까움을 금치 못했다.

"비무를 하고 온 게냐?"

"네, 송림문의 뛰어난 기재이신 막겸님으로부터 귀한 가르침을 받았습니다. 그분은 다른 분들과 달리 잊을 만하면 나타나서서 제가 나태함에 빠지지 않도록 제게 가르침을 베푸시는 분이십니다. 진심으로 존경스러운 분이시지요."

항마원주는 속으로 혀를 찼다.

그는 송림문 막겸의 얄팍함이 마음에 들지 않았지만 대놓고 나무랄 수도 없는 노릇이라 지금으로선 그저 마음에 담아만 두었다.

"너는 정녕 불만이 없느냐?"

"소인은 항마원에서의 하루하루가 기쁠 따름입니다."

"흠……. 그리 생각해 주니 고맙고 또 미안하구나. 게다가 너로 인해 모용화가 눈에 띄게 밝아졌더구나."

"원래부터 모용화님은 밝은 분이셨으나 단지 그 길을 모르고 계셨을 뿐입니다. 저는 단지 모두가 다 알고, 모용화님 스스로도 알고 계시는 사실을 전했을 뿐이랍니다."

말을 하면서 영호선은 짜증이 무럭무럭 솟구쳤다.

모용화가 문제였다. 첫 번째 고민 상담자이기도 한 모용화는 시킨 대로 하루에 백 명에게 먼저 말을 걸었고, 그러면서 대인관계가 원만해지더니 지금은 밝고 활기찬 모습이 되어 있었다. 그냥 그것으로 끝났다면 좋으련만 모용화가 영호선 덕분이라고 떠들고 다니는 바람에 고민을 상담하는 자가 두 배로 늘어나 버린 것이다.

'꼭 꺼림칙한 것들은 영락없이 문제를 일으킨다니까.'

정말 되는 일도 없는데 항마원주까지 불러놓고 뻔한 이야기를 하고 있으니 귀찮을 따름이었다.

안 그래도 아직까지 지하 동부 건설의 최대 위기인 수맥을 완벽히 봉합하지 못하고 있던 터였다.

'어후, 영감님아. 밤에 한숨도 못 자서 미칠 지경이니 그냥 좀 보내주시구랴.'

영호선의 속내를 알 길 없는 항마원주는 여유롭게 웃으며 입을 열었다.

"너한테만은 내 이야기를 들려주고 싶구나."

"소인은 밤이 새도록 들을 준비가 되어 있습니다."

"후후, 그래. 그 마음이 나를 기쁘게 하는구나. 내가 무공을 익힌 것은 열아홉 때란다. 다른 이들에 비하면 늦어도 한참 늦은 뒤였지. 난 우연한 계기로 기인이 머물던 동혈에서 그분이 남긴 비급을 얻게 되었다. 그분의 이름은 장유자로 비급과 함께 남겨진 일기를 통해 그분이 강호에서 많은 고난을 겪었다는 것을 알 수 있었다. 그분은 스스로를, 나는 정녕 구타를 부르는 얼굴이었노라, 라고 서술해 놓으셨지."

'헐, 구타를 부르는 얼굴이라고?'

영호선은 되도 않은 따분한 이야기일 것이라고 생각했다가 자못 흥미가 돋았다.

항마원주의 말이 이어졌다.

"그분은 생김새로 인해 곤욕을 치른 분이었다. 심지는 바르기 그지없었지만 흉악무도한 얼굴을 하고 있었기 때문에 정파의 고수들은 그분을 볼 때마다 무조건 손을 썼던 게지. 그로 인해 그분은 어떻게든 살아야겠다는 생각에 무공을 익히기 시작했고, 결국에는 심득을 얻어 당시 정파의 고수들 가운데 열 손가락 안에 드는 무공에까지 이르게 되셨던 게다. 그분이 첫 번째로 만든 무공이 무엇인지 아느냐?"

"말씀대로라면 경공술이었을 것 같습니다."

"후후, 아니다. 그분은 맞아도 몸을 보전할 수 있는 무공을 창안하셨단다. 일명 추세공(鰍勢功)이지. 강한 타격을 최소화해서 흘려 버리는 게다. 내가 이 이야기를 꺼낸 것은 바로 네게 추세공의 비급을 주려는 뜻이다."

그러면서 항마원주는 한 권의 책자를 내밀었다.

영호선은 선뜻 항마원주가 제 목숨과도 같은 비급을 내놓자 놀라움을 금치 못했다. 활불도 나름 할 만하다는 생각이 들었다. 그러나 여기서 덥석 받으면 활불이라고 할 수 없는 일.

"이 비급은 원주님께서 가장 소중히 여기시는 것일진대 소인이 어찌 받을 수 있겠습니까? 그저 그 마음만 고맙게 받겠습니다."

"겸양은 됐다. 너는 정파의 소중한 보물 같은 존재니라. 너는 아름다운 마음가짐으로 행한 일이라도 자칫 부상을 당하기라도 한다면 나는 영영 형산을 볼 수 없을 것이지 않겠느냐."

영호선은 사실 잠마원에서 날뛰던 것이 들통날까 봐 활불의 모습을 하고 있을 뿐이어서 마음이 심히 찔렸지만 추세공이라는 무공이 어쩐지 끌려 더 이상 사양하지 않고 비급을 받아 들었다.

"그리고……."

항마원주가 말을 끝자 영호선이 물끄러미, 하지만 공손함을 잃지 않고 바라보았다.

"앞으로 두 달 쯤 후에는 항마출정이 있게 된다. 외부 실전 교육이지. 늘 이맘 때 이뤄지는 정규 과정 중 하나란다. 항마원주로서 나는 네가 어떤 상황에서든 다치지 않기를 바라는 마음이다."

'밖으로 나가?'

"외부 실전 교육이라 하심은?"

"강호에는 숱하게 많은 분쟁이 발생하지. 그 분쟁 지역에 항마원생들은 단을 이루어 파견되는 거란다. 하지만 걱정할 건 없다. 위험이 초래되는 곳이 아닌 충분히 감당할 만한 곳으로 가게 되니 말이다. 그래도 너의 무위로는 만에 하나 문제가 있을 수 있으니 그전까지 추세공을 익혀둔다면 도움이 될 게다."

영호선은 과연 외부로 나가는 것이 좋은 것인지 나쁜 것인지 아직 알 수가 없었다. 지금 머리 복잡하게 고민할 것은 아닌지라 공손히 머리를 조아렸다.

"소인, 항마원주님의 하해와 같은 마음을 받들어 열심을 다해 무공을 익혀 다른 이들에게 괜한 짐이 되지 않도록 하겠습니다."

"그래, 그런 마음이면 된다. 네가 비록 아직은 무공이 얕아 혹여 상심하는 마음이 있다 할지라도 그럴 때마다 내가 열아홉 때부터 무공을 익혔다는 것을 떠올려 보거라."

항마원주는 자신이 활불을 위해 뭔가를 했다는 생각을 한 것인지 흐뭇한 미소를 가득 떠올렸다.

"혹여 의문이 나거나 이해되지 않는 부분이 있거든 언제든지 찾아오너라."

영호선은 깊이 고개를 숙여 감사를 표했다.

第五章
영호선을 찾아라

潛魔劍仙
잠마검선

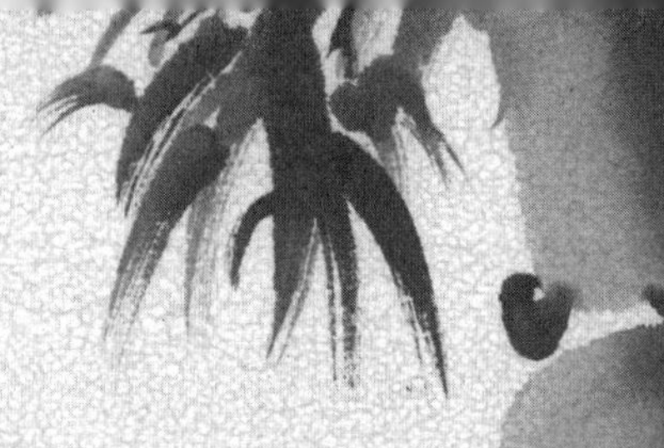

　아리따운 소녀가 어울리지 않게 뒷짐을 진 채로 화원을 거닐었다. 그때 한 마리 노랑나비가 팔랑거리며 눈앞에 어른거리자 소녀는 눈을 찡그렸다.

　'나비…….'

　되도록 기억하지 않으려고 했거늘 또다시 뚜렷이 기억이 떠올랐다.

　반로환동의 기쁨을 안고, 젊은 시절의 추억을 만들기 위해 잠마원에 발을 내딛었다. 처음엔 마치 꿈을 꾸듯 기뻤다. 그러나 한 놈이 모든 것을 망가뜨렸다.

　천사성모 화운설은 조용히 그 이름을 불러보았다.

“영호선……..”

잠마원주 소요마선을 패버리고 돌아왔는데 지금 생각해 보니 소요마선이 문제가 아니었다. 대롱을 들고 피를 빨고, 사내녀석들 사이에 잠자리를 배정하고, 가끔씩 혈광을 번들 거리던 그 망할 놈을 너무 쉽게 잊고 있었다.

“후우……..”

놈을 잡아 머릿속에 뭐가 들어가 있는지 확인도 해보고, 힘 줄을 발부터 한 줄 한 줄 뽑아내 기어다니게 하고, 종국에는 온몸을 자근자근 잘게 썰어 다진 고기로 만들어야 했다.

“풍진!”

조용히 뇌까린 음성에 곧바로 흐릿한 인영이 모습을 드러 냈다.

“말씀하십시오.”

“화가 나는구나.”

“화가 나시는군요.”

“그래, 무척 화가 난다.”

“……..”

“놈을 잡아다 죽여야겠다.”

“네, 죽여야 합니다.”

“놈을 생각하는 것만으로 늙어가는 기분이 드는구나.”

“……..”

“잠마원으로 가거라.”

"잠마원으로 가겠습니다."
흐릿한 인영이 곧바로 종적을 감췄다.

＊　　　＊　　　＊

잠마원주 소요마선은 머리가 분해되어 버릴 지경이었다.
그는 손에 쥔 서신을 붙들고 부들부들 떨었다.
그가 다시 확인하듯 서신의 말미에 찍힌 인장을 쳐다봤다.
몇 번을 봐도 '지존'의 독문표식이었다.
문제는 서신의 내용이었다.
"바쁘신 분이 왜 항마원에 오신다는 거냐고……."
지존이 사람을 보낸 적은 있었어도 직접 잠마원을 방문한
적은 단 한 번도 없었다. 이유는 알고 있었다.
손녀딸 설요홍이 잠마원에 있으니 겸사겸사 오시는 것이
리라. 하지만 잠마원 최초 탈주자가 나온 마당이다.
방문 일정은 '조만간'이라는 애매모호하기 짝이 없는 단
어로 기술되어 있었다.
'제길, 조만간이라니…….'
열흘일 수도, 한 달일 수도, 백일일 수도 있었다. 날짜라도
구체적으로 명기되어 있다면 아예 도망쳐 버리든지 아니면
무슨 수작이라도 좀 세워볼 텐데 난감하기 짝이 없었다.
등줄기가 축축해질 정도로 젖어들었다.

그때였다.

"손님이 오셨습니다."

문밖에서 들리는 소리에 소요마선이 빽 고함을 내질렀다.

"아무도 만나고 싶지 않다!"

드르륵…….

고함 소리가 무색하게 문이 열렸다.

소요마선은 감히 명을 어긴 놈을 살려둘 기분이 아니었다.

당장 눈에 띄는 대로 벼루를 집어 던졌다.

쏜살같이 벼루가 날아갔다.

형체를 분간하기 힘들 정도로 흐릿한 인영이 회오리처럼 빙글 돌더니 벼루를 피했다.

소요마선이 눈을 동그랗게 떴다.

처음 떠오른 생각은 '피해?' 였고, 두 번째 생각이 떠오른 것은 이미 상대를 알아본 뒤였다.

'풍진, 저 새끼가 왜?'

풍진이 스르륵 다가와 말했다.

"오랜만에 뵙습니다."

소요마선은 풍진을 때려죽이고 싶어도 그럴 수 없다는 사실에 쓰게 입을 다셨다. 풍진을 죽이면 자신도 죽는 것이다.

"이 자식아, 일 년도 안 돼서 두 번째 보는데 이게 오랜만이냐! 대체 무슨 일이야!"

"영호선을 보고 싶다고 하셨습니다."

소요마선이 흠칫 몸을 떨었다.

"왜?"

"아마…….."

"……?"

"…회를 뜨실 모양입니다."

풍진이 고저없는 목소리로 말했다.

소요마선은 이제 머리가 분해되다 못해 어디로 사라져 버린 기분이 들었다.

여기도 영호선 때문에 골치고, 저기도 영호선 때문에 골치였다. 도대체 뭐라고 말을 한단 말인가!

"죽었다."

"죽었습니까?"

"그래, 이 자식아! 죽었다니까!"

"그렇군요. 그럼 시신을 가지고 가겠습니다."

"태웠어."

"태우셨군요."

"그래, 태웠다니까, 이 자식아!"

"누가 죽였습니까?"

"자살했어."

"자살했군요."

"그러니까 얼른 꺼져!"

"소요마선님!"

“……?”

“죽고 싶으십니까?”

소요마선의 얼굴이 와락 일그러졌다.

풍진이 말하는 것은 지금이 아니라 앞으로 될 일을 말하는 것이다.

‘이 씨발……. 도대체 다 죽인다고 협박이야. 내가 이래 봬도 마도십대고수 중 하나인데 어째 날 죽인다는 작자들이 이렇게 많은 거냐고.’

지하 용암 바닥에는 광마혈성 어른이 반신선이 되어서는 영호선을 뒤쫓으면 죽여 버리겠다고 으르렁거리고, 늘그막에 반로환동한 할망구는 영호선을 안 내놓으면 죽여 버리겠다고 협박하고, 지존은 ‘조만간’ 마찬가지로 목을 꺾어버리네, 마네 할 것이 틀림없었다.

놀고 먹기 딱 좋은 잠마원주 생활이 이렇게 염증 날 줄은 몰랐다.

“도망갔다.”

“도망갔군요.”

고저없는 반복어에 소요마선이 신형을 튕기며 흐릿한 안개 속으로 손을 쑥 집어넣었다.

“커헉!”

안개 속에서 고통에 찬 비명이 터져 나왔다. 더불어 안개의 빛깔도 붉게 변했다.

"그래, 이 새끼야! 언제까지 말 계속 따라 할래!"

"으윽……."

소요마선이 손을 놓자 붉어진 안개 색이 본래의 흰빛으로 돌아왔다. 풍진을 패봐야 아무런 의미도 없는 일이었다.

"휴우, 어디에 있는지는 몰라."

"모르시……."

풍진이 '모르시군요' 라는 말을 맺지 못하고 입을 닫았다.

소요마선이 쓰게 입맛을 다시며 말했다.

"야, 풍진!"

"말씀하시지요."

"네놈을 위해서 한마디 하자면 영호선 그놈은 안 찾는 게 좋을 거야. 사정이 있어서 내가 다 말은 못하지만 그게 두루두루 좋은 게 될 게다."

소요마선은 말은 했지만 풍진이 할 대답을 잘 알고 있었다.

천사성모의 명이 떨어진 이상 저놈은 영호선이 지옥에 가 있다면 염라대왕을 만나 칼부림을 할 놈이었다.

아니나 다를까.

풍진이 입을 열었다.

"영호선은 이미 제 손안에 떨어진 것이나 마찬가지입니다. 그럼 이만 돌아가겠습니다."

"풍진아!"

"말씀하십시오."

“우리… 자주 보지 말자.”

“…….”

그 밤, 소요마선은 잠을 이루지 못하고 뒤척였다.

머리가 실타래 엉키듯 멋대로 흐트러져 어디서부터 풀어야 할지 갈피를 잡을 수 없었다.

광마혈성은 영호선에 대해 신경 끄라고 하지, 천사성모는 영호선을 잡아 회를 뜬다고 하는데다, 지존은 잠마원 운영을 어떻게 하냐며 모가지를 잡은 채로 부러뜨릴까 말까를 고민할 것이 분명했다.

하나도 감당할 수 없는데 한꺼번에 세 사람이 엉킨 것이라 소요마선은 머리가 세 조각으로 나눠져 삼파전을 하는 것 같았다.

그러다 보니 마곡의 곡주 염제가 떠올랐다.

염제가 형산파 놈에게 혈마환을 먹일 때부터 뭔가 어긋난 것이었다. 금마 이 새끼는 왜 또 혈마환을 찾아냈는지… 언제나 마곡 이 새끼들이 문제였다.

“염제, 이 개새끼. 내가 죽기 전에 너란 놈은 반드시 죽여버리겠다.”

소요마선은 이를 부드득 갈고 반대편으로 돌아누웠다.

그때였다.

“안 자냐?”

소요마선은 갑작스레 들린 목소리에 경악하며 몸을 일으
켰다. 하지만 그것은 어디까지나 의도에 그치고 말았다.

베개가 얼굴을 덮쳐 왔다. 어찌나 세게 누르는지 얼굴이 짓
뭉개지고, 침대 바닥이 뚫려 버릴 것 같았다.

"우우욱……."

"꿈틀거리면 그냥 죽여 버린다."

그제야 소요마선은 목소리를 기억해 냈다.

'광마혈성?'

막 장력을 퍼부으려 했던 손에 힘을 뺐다.

하마터면 죽을 뻔했다.

"어… 어쩐 일이십니까?"

베개에 눌린 채로 소요마선이 물었다. 차마 베개를 치워달
라고도 말할 용기가 나지 않았다.

"좀 돌아댕길라고 그러지."

"네, 돌아댕기시려는 거군요."

소요마선은 대답을 하면서도 자신이 풍진의 말투를 따라
하는 것을 깨닫고 기분이 우울해졌다. 견줄 수 없이 강한 인
간 곁에 있다 보면 역시 말투가 저절로 이 모양 이 꼴이 되는
것 같았다.

"제자 놈 안 건드렸지?"

"저… 전혀… 건드리지 않았습니다만."

"후후, 그래. 그게 묻고 싶었다."

그 말을 끝으로 얼굴을 짓누르는 압력이 사라졌다.

그럼에도 불구하고 소요마선은 한동안 베개를 치우지 못했다. 베개를 치우는 순간 주먹이 날아올 것 같았다.

한참 만에야 조심스럽게 베개를 치우고 주변을 둘러보니 사람의 그림자는커녕 개미 한 마리 보이지 않았다.

"휴우……."

늘그막에 이렇게 가슴 졸이며 살게 될 줄이야.

한숨을 내쉬는 스스로가 초라하기 이를 데 없었다.

그나저나 밖으로 나간다라는 건 무슨 뜻이지?

소요마선은 순간 풍진을 떠올렸다.

"에혀, 풍진, 이 불쌍한 새끼……. 넌 이제 뒈졌다. 쯧쯧쯧……."

第六章
양반의 무위

潛魔劍仙
잠마검선

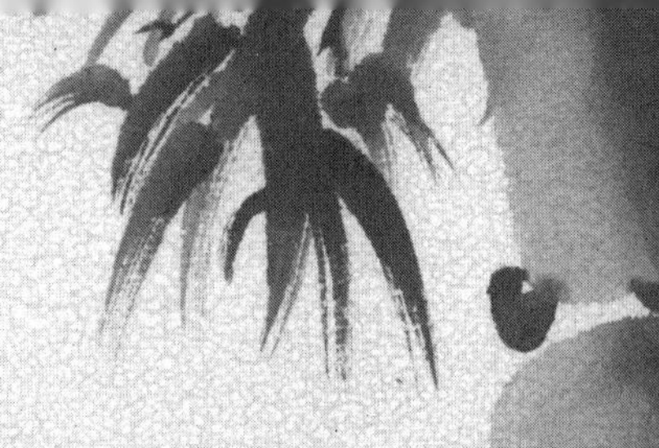

가히 부처님의 현신이었다.

온 우주를 품에 안은 듯한 대자대비하고 고귀한 미소가 그 윽이 방 안을 가득 메웠다.

그 신비로운 미소 앞에 아미파 제자 청연은 절로 숙연해져 깊이 머리를 숙였다.

그녀는 불가의 가르침을 어릴 적부터 배우면서 수많은 나날을 불상 앞에서 불도를 닦았지만 대부분 공허함을 느꼈으나 지금은 진정 관음 앞에 벌거벗고 모든 것을 드러내는 기분이었다.

영호선이 정좌한 채로 시그시 청연을 응시했나.

청연이 입을 열었다.

"오늘… 제가 찾아온 것은……."

청연은 형산의 부처님이 이미 모든 것을 알고 있다고 생각하면서도 한줄기 부끄러움이 솟아나 말을 잇지 못했다.

그 모습을 영호선은 그저 물끄러미 바라만 보았다.

결코 채근하지 않는 우주의 여유가 드러났다.

그러나 마음속까지 여유가 넘쳐난 것은 아니었다.

오늘부로 고민을 털어놓고 상담을 청한 기재들의 숫자는 눈앞의 청연을 포함하면 스물다섯 명이었다. 몇몇에겐 답을 주었고, 또 몇몇은 그냥 들어주는 것으로 만족하며 돌아갔다.

남의 말에 귀를 기울인다는 것은 결코 만만한 일이 아니었다. 과거 군자검 때의 성격이라면야 모르지만 지금은 곤욕스럽기 짝이 없었다.

대개 고민이란 것들이 막상 들어보면 하잘것없는 것들뿐이어서 중간중간 주먹이 나가려는 것을 참아야 할 때도 한두 번이 아니었다.

정작 가장 큰 고민을 안고 있는 것은 자신이건만 이 기재라는 놈들은 아버지가 자기를 미워하는 것 같다는 둥, 변비가 심한데 어떻게 해야 하냐는 둥, 얼굴에 자신이 없다는 둥 성질 뻗치는 말들을 해대는 것이다.

그러나 어찌하랴. 인생이 꼬여 버린 것을.

영호선은 끓어오르는 혈기를 억누르고 청연의 다음 말을

기다렸다.

청연이 한참이나 망설이다 겨우 입을 열었다.

"저는… 불제자임에도 불구하고……."

또다시 청연이 머뭇거리자, 영호선은 청연의 청순하기 이를 데 없는 얼굴을 양손으로 움켜쥐고 바닥에 찍어버리고 싶은 충동에 사로잡혔다.

분명 항마원의 누군가가 밉게 보인다는 말을 하려는 것이리라. 밉게 보일 수도 있는 것이지, 뭘 그걸 고민이랍시고 찾아오기까지 하느냔 말이다.

청연이 고개를 들어 살짝 영호선을 올려다봤다.

영호선도 지그시 청연을 바라봤다.

성질이 뻗치는 것과는 별개로 청연의 눈은 맑은 호수 같았다. 그녀는 머리카락 한 올 없었지만 두상이 고와 묘한 아름다움과 더불어 청순함을 가득 발산하고 있었다.

"청연님, 인세의 고민이란 마치 바다에 작은 조약돌을 던지는 것과 같이 미약한 것이지요. 크다고 생각하면 크고, 작다면 생각하면 그건 이미 고민이랄 것도 없답니다."

청연은 모든 것을 포용하는 기운 앞에 용기가 솟았다.

"제 고민은… 음욕을… 주체할 수 없다는 것입니다……."

영호선은 하마터면 눈을 부릅뜨고 입을 쩍 벌릴 뻔했다.

'이, 이런 미친…….'

아무리 그래도 할 말이 있고 하지 말아야 하는 말이 있는 것이다. 여승 주제에, 청초한 얼굴을 하고서 한다는 소리가 음욕을 주체할 수 없다니. 그래서 나보고 어쩌라는 것이냐!

그러나,

"청연님, 그것은 청연님이 인간이라는 증거이지요. 희로애락과 욕망을 모른 채 어찌 불도의 깊은 이치를 헤아릴 수 있겠습니까. 청연님은 비로소 불도의 이치에 발을 딛으신 게지요. 가야 할 길을 가고 계신 겝니다."

청연의 눈에 감동 비슷한 것이 떠올랐다.

그녀는 부처님의 용서를 받은 것은 물론이고 앞으로 가야 할 길까지 듣게 되자 그동안 죄책감에 시달렸던 마음이 눈 녹듯 녹아내렸다.

뭐든 처음이 어려운 법이다. 청연이 머리를 조아리며 숙연히 말했다.

"고맙습니다. 저는 잠결에 손으로 가슴을 만질 뿐 아니라… 꿈속에서 영준한 항마원의 기재들과 문란한 잠자리를 하고 있습니다. 어떨 때는 남자가 아닌 여자가 나오기도 하는데 전 매번 황홀경에 빠지곤 한답니다."

청연은 얼굴을 붉게 물들이면서도 말을 멈추지 않았다.

'헐, 미쳤구나, 미쳤어.'

영호선은 이미 마음으론 청연의 싸대기를 날리고 있었다.

그사이 청연의 말은 계속됐다.

"언젠가 한번은 염주를 다리 사이에 끼우고 잠을 청하기도 했는데 아침에 일어나 죄책감에 온종일 시달리기도 했답니다. 하지만 오늘 말씀을 듣고 보니 마음의 근심이 씻은 듯 사라지니 이 은공을 제가 어찌 갚아야 할는지요.”

영호선이 양쪽 입꼬리를 신비롭게 올렸다.

'그래, 축하한다. 아주 시원하게 돌아버렸구나. 항마원이 아주 집단으로 빙빙 돌아버린 게야!'

항마원에 비하면 잠마원은 참 솔직한 놈들이 아닐 수 없었다. 소림 제자는 욕을 입에 달고 살고, 개방 제자라는 놈은 진짜 거지란 것이 뭔지 보여주겠다고 발버둥을 치고, 아미 제자는 욕정에 흠뻑 빠져 염주고 뭐고 흥분에 몸을 떨어대고 있는 것이다.

“청연님, 억제는 결코 놓아둠을 이길 수 없습니다. 모든 만물이 자연히 흘러가는 이치를 따라 제 길을 가듯 마음 또한 그저 흘러가는 것을 가만히 관조하시다 보면 어느샌가 길이 보일 것입니다.”

“나무관세음보살!'

청연이 두 손을 마주 대고 합창했다.

영호선은 보일 듯 말 듯 고개를 끄덕여 주었다.

“저는 이만 돌아가 보겠습니다. 오늘의 가르침 진심으로 감사드려요. 그리고 저⋯⋯”

청연은 작별을 고해놓고도 뭔가 미련이 남은 듯 망설였다.

그러다 결심한 듯 슬며시 영호선의 품에 안겼다.

‘컥, 뭐야!’

영호선이 ‘이게… 아주 돌아버렸구나’라고 생각할 때 청연이 가슴에 얼굴을 부비며 말했다.

“부처님의 품이 어떤지 궁금했었어요. 역시 포근하네요.”

영호선은 청연의 반들거리는 머리를 내려다보며 지금 당장 뇌를 열어보고 싶은 충동에 몸을 부르르 떨었다.

청연이 슬쩍 올려다봤다.

“몸이 떨리는데요… 저 좋아요?”

영호선이 대자대비한 미소를 지었다.

“청연님은 다른 좋은 분들과 마찬가지로 좋은 분이십니다.”

청연이 삐친 듯 입술을 살짝 내밀었다.

“치… 역시 부처님이시네요.”

영호선은 이제 어이가 먼 여행을 떠난 기분이었다.

처음 그 청초하던 불제자 청연은 더 이상 세상에 없었다. 그저 시기심 많고 남자를 좋아하는 앳된 여자애에 불과했다.

‘위, 위험하다. 주의해야겠어.’

까닥 잘못하면 침상에 기어들어 올 가능성도 있었다. 얼굴은 봐줄 만하다만 역시나 광녀는 사양이었다. 광녀 중의 광녀라 할 수 있는 유은령은 그래도 대놓고 꾸준히 미친 행태를 유지하니 어떤 면에서 순진한 광녀라 할 수 있었지만 아미파의 청연은 평소에 안 미친 척하는 것이라 위험해 보였다.

이윽고 청연이 몸을 일으키고는 합창을 했다.

"나무관세음보살. 다음에 또 찾아뵐게요."

영호선이 자비롭게 웃었다.

'제발 오지 마라.'

청연이 떠나고 기척조차 사라지자, 영호선은 인상을 와락 찡그렸다.

"어휴, 저 미친……. 저것도 적어놔야겠다."

영호선은 즉시 침상 밑으로 파고들어 갔다.

침상 아래로 지하 이십여 장.

지하 동부 건설 기간 이십팔 일.

천장은 이 장 높이로 넉넉했고, 총 공간은 열 평 남짓이었다.

애를 먹였던 수맥을 활용해 작은 냇물까지 흐르도록 했다.

야명주만 있다면 화룡점정이 될 터였지만 그건 단지 멋을 내기 위한 것일 뿐, 이미 영호선은 어둠의 제약에서 벗어난 상태였기에 별문제는 없었다.

"휴우, 어디 보자……."

영호선은 한쪽 벽면에 새겨둔 죄인들의 기록을 읽어나갔다.

양빈

나이:십칠 세

문파:개방

죄목:세상을 오염시킴

특징:개념 전무

광료

나이:십팔 세

문파:소림

죄목:폭력 행사

특징:쌍욕의 대가

서중휘

나이:십팔 세

문파:무당

죄목:폭력 사주

특징:화산의 황빙빙과 연인 관계

막겸

나이:십칠 세

문파:송림문

죄목:폭행 치사

특징:무공 수준 저열

거기까지 읽어 내려간 영호선은 그 아래쪽에 한 사람을 추
가했다.

박박…….

청연
나이:십칠 세로 추정
문파:아미파
죄목:음란
특징:염주로 몸을 비벼댐

"흠, 청연 너는 다섯 번째로구나. 본좌가 온전히 무공을 완
성하는 날 늦지 않게 손을 봐줄 테니 차례를 기다리도록 하여
라. 음하하하……."

영호선이 통쾌하게 웃었다.

지하 동부의 석벽에는 세 분류의 기록을 해두었다.

첫째는 지하 동부를 완성하자마자 새겨둔 검절의 검흔이
었고, 둘째 면에는 마운천봉공의 구결, 세 번째 면에는 언젠
가는 손을 봐줘야 할 명단과 죄상이었다.

물론 검절의 흔적은 일검에 새길 수 있는 능력이 없었기에
거의 조각이나 다를 바가 없었다.

영호선은 다시금 이름을 마음에 새겨넣고, 마운천봉공 쪽

벽면 앞에 앉았다.

역시 가장 최우선은 마운천봉공의 수련이었다. 적어도 마운천봉공의 구성을 돌파한 뒤에야 검절의 검예를 볼 참이었다. 지금은 과거 잠마원의 지하에서처럼 계속 같은 자리만 반복할 것이 분명했기에 팔성의 벽을 넘어 구성에 이르는 것이 중요했다.

또한 미친 사부의 말에 의하면 구성에 이를 경우, 무공의 배합에 있어 자유로움을 얻게 된다고 했으니 그때는 형산의 무공과 잠마원의 무공, 그리고 마운천봉공과 검절의 검법 등을 온전히 통제할 수 있게 되어 비무에서 억지로 맞고 있을 필요가 없는 것이다.

영호선은 몸을 이완하고 고요히 마음을 가라앉히며 마운천봉공에 빠져들었다.

이윽고 뿌연 안개가 영호선을 감쌌다.

*　　　*　　　*

"꺄아악~"

이른 아침 한줄기 비명 소리가 항마원에 울려 퍼졌다.

아침 산책을 나가려던 화산파 제자 황빙빙이 내지른 소리였다. 그녀는 뒷간 사건이 있은 뒤 아직까지 그 충격에서 벗어나지 못하고 있었다. 하늘이 맑아도, 상쾌한 바람이 불어도 우울함을 떨칠 길이 없었다.

마음을 주고받은 무당의 서중휘와도 대화다운 대화를 나누지 않고 있었다. 그저 유일하게 아침 산책길만이 그녀의 위안이었다.

그런데 막 숙소 문을 열려고 하는데 문이 열리지 않는 것이다. 뭐지, 하고 힘을 주어 문을 열고 보니 시커먼 덩어리가 문에 붙어 있어서 비명을 지르고 만 것이었디.

곧 사람들이 몰려왔고, 그 시커먼 것은 양빈으로 판명되었다. 경악하며 비명을 지르던 황빙빙도 양빈을 알아봤다. 그리고 처음보다 더 크게 비명을 질러댔다.

정말 악몽 같은 인간이었다.

비명 소리를 듣고 달려온 사람 중에 가장 분노한 것은 무당의 서중휘였다.

원래 서중휘는 뒷간의 소동 당시 양빈이 기억이 전혀 없다는 말을 믿고 영호선을 의심했던 터였는데, 이번에 다시 양빈이 황빙빙의 숙소 앞에서 밤새 잠을 잤다는 것을 알고는 그전의 일도 양빈이 거짓말을 한 것이라고 생각했다. 양빈의 말을 믿는 바람에 괜히 활불인 영호선만 곤란하게 만든 것이다.

서중휘가 즉시 양빈을 향해 한 걸음을 떼며 포권을 취했다.

"무당의 제자 서중휘! 비무를 청한다."

항마원 내에서 공식적인 비무는 서로 합의만 하면 교육 시간을 제외하고는 언제든 가능했다.

양빈이 부스스한 머리를 쓸어 넘기며 고개를 저었다.

비듬인지 뭔지가 우수수 떨어져 바닥이 금세 하얗게 변했다.

"싫은데?"

서중휘가 와락 얼굴을 구겼다.

"양빈, 너는 지난번에도 뒷간에서 사람을 놀래키고, 이번에도 여자 숙소 앞에서 똑같은 짓을 한 것이니 결코 빠져나가지 못한다."

양빈이 손을 마구 저었다.

"아니야. 그건 오해야, 오해. 오늘은 새로운 곳에서 자보자는 마음에 문앞에서 잔 것이지만 전에 뒷간에서 잔 것은 나도 어떻게 된 일인지 모르는 일이야. 그날 이후 또 기억이 안 나는 일이 있는가 봤더니 그렇진 않더라니까."

"글쎄, 그건 네 말뿐이고. 과연 그 말을 믿을 사람이 누가 있을까?"

그 말에 양빈이 주위를 메우다시피 한 항마원생들을 보았다.

모두들 적의에 찬 눈동자로 노려보고 있었다.

괜히 새로운 장소에서 자보겠다고 한 것이 실수였다.

영호선과의 대화에서 큰 깨달음(?)을 얻어 그동안 연무장에서 서서 자기도 하고, 나뭇가지 위에서도 자는가 하면, 식당 뒤쪽 음식 쓰레기더미 옆에서도 자봤다.

이때까진 좋았는데…… 쩝!

아무래도 오해를 풀 길이 없을 것 같았다.

"좋아. 그럼 내가 비무에서 이기면 뒷간 일은 내 말을 믿어 줘야 해."

양빈의 말에 서중휘가 차갑게 웃었다.

"그래, 네가 이긴다면."

서중휘와 양빈의 비무 소식이 알려지자 항마원에 몸을 담고 있는 모두가 몰려들다시피 했다.

심지어는 항마원주까지 턱살을 출렁이며 한자리를 차지할 정도였다.

무당과 개방의 대결이다. 비무의 이유야 어떻든 좋은 볼거리라 할 수 있었다.

당연히 영호선도 관음보살의 얼굴을 한 채 한쪽에서 지켜봤다. 주 활동무대가 형산이었던 만큼 영호선은 아직까지 다른 문파, 그것도 명성이 자자한 형산을 제외한 구파일방의 무공을 제대로 견식한 적이 없었다. 보는 것도 좋은 공부가 될 터였다.

"나무관세음보살."

갑자기 들려온 음성에 영호선이 고개를 돌렸다.

어느새 아미의 청연이 청초한 모습으로 다가와 있었다.

영호선은 식겁했지만 태연한 척 미소를 지었다.

"청연님이시군요. 어서 오십시오."

“나무관세음보살.”

청연은 다시 보살만 찾을 뿐 다른 말이 없었다.

‘후후, 그래도 사람이 많은 곳에서는 두꺼운 가면을 착용한다는 거냐.’

혹시나 살갑게 굴까 걱정했던 터라 다행이다 싶었다.

그때 막 비무가 시작되었다.

항마원 내 비무 규정은 진검 사용을 불허한 터라, 무당의 서중휘는 목검을 들었고 개방의 양빈은 단봉을 사용했다. 원래부터 봉을 즐겨 쓰는 개방의 특징상 진검 사용 불허 규정은 양빈에게 유리하다고 할 수 있었다.

“아무도 다치지 않았으면 좋겠습니다.”

영호선이 마음에도 없는 소리를 조용히 뇌까렸다.

“나무관세음보살.”

청연이 보살을 부르며 답했다.

그러나 그것이 전부가 아니었다. 청연은 앞 사람으로 인해 잘 보이지 않는다는 듯 기웃거리더니 그 핑계로 영호선을 향해 몸을 밀착했다.

영호선은 오른팔에 청연의 볼록한 가슴이 닿자 당혹을 금치 못했다.

‘이런 쌍! 입으로는 보살을 찾더니… 이게 뭐 하는 짓이야!’

탱탱하면서도 탄력적인 가슴이 살짝 밀려들어 갈 정도로

청연이 바싹 붙었다. 그러나 표정만큼은 진지하기 이를 데 없
어 홍조조차 띠지 않고 비무에 열중해 있다.

영호선은 정말이지 잠마원이 그리워 미쳐 버릴 것 같았다.

만약 누군가 이런 짓을 한다면 잠마원에서라면 머리채를
붙잡고 바닥에 패대기쳐 버렸을 것이다. 아니, 그보다 유은령
이라도 곁에 있었다면 청연은 이미 싸늘한 시체가 되어 있을
것이리라.

이러지도 저러지도 못하고 영호선은 의식하지 않으려 애
쓰며 비무에 시선을 던졌다.

대략 오십여 초가 흐르고 있었다.

처음 공세를 펼친 것은 서중휘였는데 지금은 상황이 변해
서로 공세와 수세를 번갈아가고 있었다.

무당의 검법은 부드러운 듯하면서도 그 속에 강맹함이 깃
들어 있었고, 반면 개방의 봉법은 파괴적인 속성을 여지없이
드러냈다.

개방 방주만이 익힐 수 있다는 타구봉법과 강룡십팔장의
특성만 생각하더라도 충분히 납득이 되는 일이었다.

봉법에 있어서는 가장 오묘한 이치를 담고 있다는 타구봉
법의 이름 자체가 개를 패는 것이 아니던가. 그래서 무림인들
중에서는 되도록 타구봉법에 맞서지 않으려 하는데 그 이유
는 맞서는 순간 자신이 개의 신세로 전락해 버리기 때문이었
다.

양빈의 봉법은 분명 타구봉법이 아님에도 거의 개를 패는 것 같은 분위기를 물씬 풍겨내고 있었다.

그러나 결코 서중휘를 위협할 수준은 아니었다.

"나무관세음보살…… 걱정이군요. 무당이 오늘 곤란함을 겪을 것 같습니다."

청연이 몸을 더 바짝 붙이며 고요한 음색으로 말했다.

영호선은 선뜻 이해가 되지 않아 바로 물었다.

"청연님, 그건 무슨 말씀이신지요?"

"초반에 제압하지 못했으니 곧 개방의 신기가 드러날 것입니다. 물론 그것은 양빈만의 신기이기도 하지만요."

"소인이 어리석어 청연님의 가르침을 이해하지 못했습니다."

"무당은 머리카락이 많죠. 치명적이랄까요."

영호선은 짜증이 나려는 것을 애써 참았다. 무슨 귀신 씻나락 까먹는 소리란 말인가!

개방의 신기와 서중휘의 머리카락이 많은 게 무슨 관계가 있다는 건지, 누가 미치지 않았다고 할까 봐 별 해괴한 소리를 다 하고 있었다.

그러나 곧 영호선은 청연의 말을 알아들어 버렸다.

양빈이 한순간 신법을 바꾸었는데 전후좌우로 그 움직임이 표홀하여 여간 정신 사나운 것이 아니었다. 문제는 그 격한 움직임으로 인해 뭔가 먼지 같은 알갱이들이 마구 주변에 흩뿌려지고 있다는 것이었다.

그 결과 서중휘는 오른손으로 검법을 펼치며 미친 듯이 머리를 긁어대기 시작했다.

'뭐, 뭐냐!'

영호선이 놀라는 사이, 여기저기서 탄식이 터졌다.

"쯧쯧, 역시 무당도 어쩔 수 없군."

"지금이야 머리만 긁고 있지만 조금 있으년 온몸을 긁어대느라 초식이고 뭐고 없어질 테지."

"차라리 독공이 낫지. 수천 마리의 이가 한꺼번에 몸에 달라붙는 걸 어떻게 하겠어."

"난 죽어도 양빈하고는 비무 안 할 테야."

영호선은 비로소 양빈이 무슨 짓을 했는지 이해했다.

'저 새끼, 정말 놀라운 놈이었네.'

서중휘는 신형이 어지러워지고 있었다.

머리는 어찌나 긁어댔는지 산발이 되었고, 검격을 날리면서도 왼손으로는 목을 긁고, 겨드랑이를 긁고, 심지어는 창피함도 잊고 사타구니까지 긁어댔다.

"나무관세음보살…… . 무당이 사타구니를 긁다니… 결국 이렇게 되는군요."

"양빈님은 진정 새로운 경지에 드신 분이었군요."

영호선은 진심이었다. 진짜 인간 같지도 않은 놈이었다. 저건 완전히 인간 세상의 악이었다. 서중휘도 인젠가 손을 바쥐야겠다고 생각하고 있었지만 지금 이 순간만큼은 서중휘가 안쓰럽기까지 했다.

그러나 영호선은 더욱 경악할 일이 남아 있을 줄은 꿈에도 생각지 못했다.

모두가 혀를 차며 안타까워할 때였다.

"내 새끼들아! 이 불쌍한 내 새끼들… 흑흑흑……."

완전히 승기를 잡은 양빈이 울부짖기 시작했다.

영호선은 이빨이 부러져라 악물었다. 도저히 이 엽기적인 상황을 제정신으로 바라볼 수가 없었다.

한 놈은 검 한 번 휘두르고 두세 번 빠르게 긁고, 또 한 놈은 미친 듯이 머리와 몸의 이를 털어내면서 떨어져 나간 이들을 향해 '내 새끼들'이라며 통곡하고 있었다.

'새… 새끼들이었냐…….'

양빈의 외침은 거의 절규나 다름없었다.

"흑흑흑, 꼭 다시 돌아와야 해. 지금은 우리가 헤어지지만 우리가 함께한 시간을 잊지 마. 너희 형제와 부모들을 찾아 반드시 돌아와야 해. 흑흑흑……."

비무가 치러지고 있는 연무장은 누구도 말을 꺼내지 못했다. 인간과 벌레의 이별에 가슴이 먹먹해지는 사람은 아무도 없었다. 도리어 속이 부글거려 식전임에도 신물이 넘어올 지경이었다.

모두가 미동조차 없이 양빈의 눈물을 바라볼 때, 한 사람이 몸을 일으켰다.

영호선이 보니 항마원주였다.

항마원주는 평소의 안색이 아니었다. 어딘지 불안하고 위태로워 보였다.

아니나 다를까.

"꾸웨엑……."

항마원주는 막 돌아서려다 돼지 멱따는 소리를 내며 토악질을 했다.

"꿰에엑……."

그나마 식전이라 다행이었다.

항마원주는 연신 꿰에엑, 하며 돼지 멱따는 소리를 질러댔다. 그러다 결국 위액을 차르르 쏟아내고 말았다. 항마원주는 자기가 토해낸 위액을 보고 다시금 구역질을 했다.

"헥헥……."

항마원주가 등을 구부린 채로 입을 헤벌리고 있으려니 입가의 침이 진득하니 길게 이어졌다가 떨어졌다.

이윽고 소매로 입가를 훔친 항마원주가 주변을 쭈욱 훑어보고는 번개같은 신법으로 사라져 버렸다.

가히 추접스런 모습을 더 이상 보이지 않으려는 절실함이 낳은 가공할 신법이었다.

영호선은 뚱돼지 항마원주가 더럽기 짝이 없었지만 충분히 이해할 수는 있을 것 같았다. 이미 여기서기시 토악질이

연쇄적으로 일어나고 있었다.

옆에 찰싹 달라붙은 청연도 한 손으로 입을 틀어막고 있는 것이 위험천만한 상황이었다. 그럼에도 불구하고 청연은 필사적으로 달라붙어 있는 것이 그저 대단하다고밖에는 달리 할 말이 없었다.

그러는 사이 비무는 어느덧 끝을 향하고 있었다.

이제 서중휘는 아예 드러누운 채로 등을 땅에 대고 비벼대면서 검을 흔들고 있었고, 양빈은 눈물 때문에 앞이 잘 보이지 않는지 무작정 봉을 휘두르는 것처럼 보였다.

정말이지 장차 정도무림의 미래가 걱정되는 순간이었다.

형산이 기재 중 가장 뛰어난 자신을 항마원에 보내려 했던 것처럼 서중휘 또한 무당에서 가장 출중한 기재였음이 틀림없었다. 그런 무당의 기재가 땅바닥을 구르면서 이젠 거의 정신 나간 듯 온몸을 긁어대고 있는 것을 무당의 장문인이 보았다면 어떤 표정을 지을까?

"내 새끼들아…… 죽지 마… 서중휘, 등을 비벼대지 마라. 내 새끼들을 죽이지 마라. 흑흑흑……."

양빈은 거의 제정신이 아니었다.

서중휘도 이미 제정신이 아닌 것은 마찬가지였다.

그로서는 이렇게 꼴사나운 모습을 보일 것이라고는 생각지 못했었다. 하지만 또 이대로 끝내는 싶은 생각도 없었다.

"양빈, 어서 네 죄를 고해라. 아, 씨발… 가려워 죽겠어……."

　평소 서중휘는 도문인 무당의 제자답게 신중한 언행의 대명사였다. 조금은 서늘하게 보일 정도로 침착하여 함부로 말을 내뱉은 일이 없었건만 지금은 이성마저 흐트러져 마구 욕을 해대고 있었다.

　양빈은 사랑스러운 수천 마리의 이와 생이별을 하고, 돌아올 기약이 없는 것에 마음이 아픈데다 눈물까지 흘려 얼굴이 씻겨지자 가슴이 찢어지는 것 같았다.

　그런데 자꾸만 서중휘가 뒷간에서의 일을 몰아붙여 죄를 묻자 억울함을 금할 길이 없었다.

　"난 기억이 안 난단 말이다. 내가 잠에서 깨어난 것은 향긋한 똥 냄새에 이어 연신 뿌지직거리는 소리가 들려서 깨어난 것뿐이라고. 그래. 좋아. 내가 이건 고백하지. 황빙빙 엉덩이는 봤다. 나보고 어쩌라는 거냐. 내가 먼저 들어가 있었는걸. 황빙빙이 날 무시하고 똥을 싼 걸 나보고 어쩌라는 거야!"

　발악하듯 외치는 말에 토악질을 해대던 항마원의 뭇 기재들이 토해야 한다는 것도 잊고 멍하니 양빈을 바라봤다. 그리고 서중휘, 그다음으로 황빙빙을 차례로 훑었다.

　서중휘는 완전히 얼어붙어 버렸다.

　사실 그날 황빙빙이 비명을 내지른 것이 단순히 문을 열었을 때 양빈이 누워 자는 것을 보고 놀란 것이라고만 생각했었건만 그게 아니라는 말이었다.

순간 서중휘는 황빙빙을 보았다.

황빙빙은 이미 사람의 얼굴이 아니었다. 창백하다 못해 새파랗게 질려 있었다. 마치 머리를 검에 관통당한 것 같은 모습이었다.

황빙빙이 모래성이 무너지듯 쓰러졌다.

풀쩍…….

서중휘가 가려움도 잊고 황빙빙에게 달려갔다.

"빙빙, 정신 차려. 정신 차려."

서중휘가 황빙빙을 끌어안고 오열했다.

황빙빙이 간신히 눈을 떴다.

황빙빙이 한 손을 입에 대고 귓속말을 하고 싶다는 의사를 표하자, 서중휘가 서둘러 귀를 입에 댔다.

"이 새끼야, 제발 좀 떨어져. 가려워 죽겠어."

서중휘는 주춤 물러섰다.

쿵!

세상이 무너졌다. 사랑하는 여인의 이별 통보는 잔혹했다.

"으아아악~"

서중휘의 절규가 항마원에 길게 울려 퍼졌다.

第七章
벌모세수

潛魔
劍仙
잠마검선

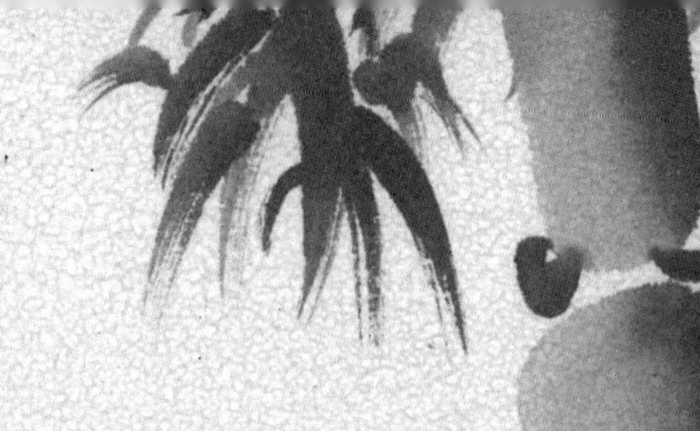

　비무의 여파는 꽤 큰 파장을 일으켰다.

　황빙빙은 비무 이후 면사를 쓰고 다녔고, 서중휘는 한동안 가려움증에 시달리며 피부병까지 생겨 얼굴이나 목에조차 고름이 가득 찬 종기를 달고 다녔다.

　반면 양빈의 권세는 더욱 커졌다.

　그 이후 누구도 양빈을 건드리는 이가 없었다. 보는 것만으로 화가 났지만 그렇다고 양빈과 손을 섞느니 차라리 죽는 것이 낫다고 생각한 것이다.

　영호선은 모두 미쳐 돌아가는 것이 가관도 아니라는 객관적 감상만 품고 있다가 벼락을 맞았다.

믿기지 않는 괴상한 비무 이후 항마원주의 명으로 항마원 생은 반드시 숙소 내에서 잠을 청하라 하여 양빈이 다시 거처로 기어들어 온 것이다.

그날 울부짖은 것은 도대체 뭐였는지 양빈은 희희낙락이었다. 그리고 결정적으로 영호선은 양빈에 의해 혼절했다.

양빈이 그동안 소홀했다며 고마움을 표한답시고 입김을 뿜어낸 것이다. 미처 피할 겨를도 없이 그 즉시로 영호선은 뻗어버렸다.

영호선은 하루를 멍한 상태로 보냈다.

그렇게 다시 또 하루가 지났을 때, 영호선은 독기를 품었다.

'죽여 버리겠어.'

양빈이 다시 돌아오고 세 번째 맞는 밤, 지독한 악취와 함께 뒤척이는 양빈을 향해 영호선이 입을 열었다.

"양빈님, 서중휘님과의 비무는 실로 협소한 제 시야를 넓히는 계기가 되었습니다."

"흐흐흐, 네가 봐도 그렇지?"

양빈은 자랑스러움이 가득했다.

"원래 고수들은 신병이기에 의지하지 않고 모든 만물을 붙잡는 순간 그것이 무엇이든 신병이기가 된다고 하는 말이 이해가 되었습니다."

"헤헤, 고마워. 사실 그날 서중휘는 많이 봐준 거야."

"아! 그러신 거군요."

"그럼, 원래 강호에서는 본신의 실력을 다 드러내면 안 되는 법이잖아."

영호선은 기가 막혔다.

'네놈이 전력을 기울이면 도대체 어떻게 되는 것이냐!'

그러나 마음을 숨기고 물었다.

"소인, 매우 궁금해집니다."

"흐흐, 부처님에게만 살짝 이야기해 줄게. 부처님은 배신할 일이 없고, 여기저기 떠벌리지도 않으니까."

"그저 감사할 따름입니다."

"전에도 이야기한 것이긴 한데 많은 사람들이 간과하는 것이기도 하지. 서중휘와 싸울 때 난 되도록 입을 다물고 있었어. 만약 내가 입을 열고 입김을 불었다면 서중휘는 곧바로 쓰러지고 말았을걸. 흐흐흐……. 나도 부처님만큼은 아니지만 꽤 자비로운 편이라구."

영호선은 양빈의 웃는 입을 확 잡아뜯어 버리고 싶었지만 꾹 눌러 참고 말했다.

"그저 놀라움에 감복할 따름입니다. 그런데 한 가지 묻고 싶은 것이 있습니다."

"부처님의 물음이면 언제든 환영이야."

"소인이 궁금한 것은 양빈님도 남자시니만큼 언젠가는 천생연분의 여자 분을 사귀고 혼인을 하실 것인데 그 부분은 어

떤 계획을 가지고 계시는가 하는 것입니다. 혹여 불편한 물음
이라면 소인을 벌하여주십시오."

"음, 불편하진 않아. 단지 생각을 안 해봤는걸."

"휴우, 불편하지 않으시다니 다행입니다. 그럼 지금 한번
생각해 보시죠."

"글쎄, 유유상종이 아닐까?"

그러니까 여자 거지를 만나겠다는 말이었다.

"개방에 여자 분도 계신지요?"

"응? 그러고 보니 한 번도 본 적이 없네. 하지만 예쁜 여자
애를 거지로 만들어서 같이 굴러다니면 되지 않을까?"

영호선은 속으로 혀를 찼다.

이 말대로 된다면 어느 어염집 규수 하나가 생거지가 될 판
이었다.

"와, 역시 양빈님의 생각은 소인이 따를 수가 없습니다. 양
빈님은 실로 대단하시기에 필시 개방의 역사상 최고의 인물
이 되실 것입니다."

"흐흐, 고마워."

"혹시 사부님이신 걸신님은 혼인하셨는지요?"

"……"

"왜 그러시는지요?"

"흐음, 그러고 보니 혼인을 안 하신 것 같아."

"아! 하지만 청출어람이라는 옛말도 있듯 양빈님께서는 분

명 아리따운 여자 분을 만나 함께 즐거운 나날을 보내실 수
있을 거라고 믿습니다."

"그래, 꼭 해내고 말겠어."

"소인, 경망스럽게도 이야기를 하다 보니 자꾸 떠오르는군
요. 혼인을 하시게 되면 아이도 낳게 되시겠지요?"

"당연하지. 혼인을 했으니 자식도 주렁주렁 봐야지."

"역시 훌륭하십니다. 소인은 벌써부터 여러 아이들이 아버
지와 어머니와 함께 소신 가득 정성 어린 마음으로 시궁창을
구르시는 모습을 상상하니 그 열정 어린 가족의 모습에 가슴
이 벅차오릅니다."

순간 양빈이 흠칫했다.

"아! 내 아기들……. 시, 시궁창……. 그, 그래야겠지."

양빈의 목소리는 떨리고 있었다.

그러거나 말거나 영호선이 계속 말을 이었다.

"양빈님, 꼭 혼인하시거든 소인도 불러주십시오. 아이 백
일이고, 첫 생일이 될 때도 마찬가지입니다. 소인은 양빈님이
개방 최고의 고수이자, 최고의 걸인의 길을 걸으시며 가족 단
위로 소신껏 구르시는 모습을 보며 스스로를 채찍질하도록
하겠습니다. 어? 양빈님, 왜 그러시는지요?"

양빈이 벌떡 몸을 일으킨 것이다.

"아니… 갑자기 머리가 어지러워서……."

"혹시 소인이 괜한 이야기를 드린 것인지요?"

"어? 아냐, 아냐. 이 양빈님께서 겨우 그런 일로 약해지진 않아. 하하하……."

영호선도 마주 웃었다.

"하하, 역시 양빈님이십니다. 자, 그럼 아이는 몇 명이나 낳으시려는지요? 소인의 미천한 생각으로는 남자 아기 넷에, 여자 아기 넷을 낳아 양빈님과 사모님까지 열을 채운 다음에 한꺼번에 마음을 모아 시궁창에서 잠이 들고 일어나고, 오늘은 이가 몇백 마리 늘었는지 확인하며 지낸다면 금상첨화가 아닐까 싶습니다. 그러다 어느 날은 딸아이에게 말하는 것이지요. '아이고, 우리 셋째 딸 이쁘기도 하구나. 자, 아버지와 함께 오늘은 시궁창에서 자볼까?' 그럼 따님은 해맑게 웃으며 '아빠, 사랑해' 라고 말하며 품에 안기겠지요. 온 가족이 참된 걸인의 삶을 산다는 것은 정녕 생각만으로도 부러운 일이로군요."

"……."

양빈은 대답이 없었다.

이 정도까지 했는데 킬킬거리면 그건 사람이 아닐 터이기에 영호선도 속으로 끌끌 혀를 찼다.

양빈은 양손으로 머리를 움켜쥐고 '하아', '하아' 하며 옅게 신음을 냈다.

그러다 힘없이 입을 열었다.

"오늘… 수련을 너무 심하게 했나 봐. 나…… 이만 잘게."

“네, 양빈님, 편히 주무십시오. 부디 꿈속에서 온가족이 하나가 되어 시궁창에서 원하시는 바를 이루시길 간절히 기원하게습니다.”

“응, 그… 래… 고마워. 역시 너밖에 없어.”

양빈은 잠을 자겠다고 말한 뒤로도 거의 한 시진가량 뒤척이다가 결국엔 옅게 코를 골았다.

드디어 양빈을 죽여 버릴 때가 되었다.

영호선은 기척없이 양빈 곁으로 다가가 가만히 내려다봤다.

이윽고 번개같이 손을 뻗었다.

파팟.

“양빈!”

영호선이 조용히 불렀다. 당연하게도 수혈이 찍힌 양빈은 대답이 없었다.

“흐흐흐……”

영호선이 손을 뻗어 양빈의 머리를 매만졌다. 기름이 좌르르 묻어 나오고, 양빈의 머리에 서식하던 수십 마리의 이들이 일제히 손으로 옮겨왔다.

영호선은 손에 진기를 일으켜 이들을 태워 죽였다.

“양빈, 미안하지만 넌 죽어줘야겠다.”

어둠 속에서 남담한 음성이 울려 피졌다.

"이 녀석, 말이 없구나. 그래, 묵묵히 경청하여라. 드러난 것이 무엇이든 내면의 소중함만 하겠느냐. 정갈함이든 추함이든 그저 드러남일 뿐, 내면의 정갈함이 근본이니라. 외모를 꾸미고 신경 쓰는 동안 내면의 정갈함에 몰두하는 것이 중요하지. 하지만 말이다. 그렇다고 해도 굳이 육신을 더럽게 할 필요는 없는 거잖아, 이 더러운 새끼야!"

이윽고 영호선은 호신강기로 몸을 보하고, 짐짝마냥 양빈을 둘러멨다. 양빈의 몸에서 기어나온 이들이 호신강기에 닿았는지 타타타탁, 소리를 내며 죽어나갔다.

"가자. 가서 죽어라. 그리고 다시 태어나라. 이것이 진정 벌모세수다. 이후엔 혼인도 하고, 맘껏 아이도 낳아라. 대체 아이와 네 부인이 무슨 죄가 있다고 시궁창을 굴러야 한단 말이냐, 이 망할 놈아."

털썩!
영호선이 양빈을 지하 동부에 아무렇게나 내려놓았다.
수맥이 터졌을 때만 해도 성질이 나서 온갖 쌍욕을 내뱉었지만 지금 생각해 보면 이 모든 것이 양빈을 위해 예비된 것 같았다.
시냇물마냥 흐르는 물줄기를 보니 절로 흐뭇했다.
환경은 완벽했다. 준비도 완벽했다.
때를 벗겨낼 우둘투둘한 돌멩이, 그리고 양잿물, 흐르는 물줄기, 머리빗과 깨끗한 의복까지.

"흐흐흐…… 벌모세수를 내가 시전하게 될 줄이야."

영호선은 음흉하게 웃고 양빈의 옷을 찢어냈다. 워낙 오랫동안 입어서인지 힘도 주지 않았는데 옷이 찢겨졌다. 옷을 뭉쳐 삼매진화로 태워 버렸다.

알몸을 드러낸 양빈은 살결이라는 것 자체가 없었다.

영호선은 준비한 양잿물을 양빈의 몸에 흥건하게 붓고, 잠시 묵혀두었다.

그러자 잠시 후 진물처럼 검은 물이 가득 배어 나왔다. 그건 마치 독인이 독을 배출하는 것처럼 보였다. 정녕 인간이라고 믿어지지 않는 광경이었다.

"흐흐, 더러운 새끼. 정말 보는 것만으로도 역겹구나. 하지만 걱정 마라. 이것도 오늘이 마지막이다."

영호선은 한 손으로 양빈의 머리채를 잡아끌고 다른 한 손으로는 준비한 돌멩이를 쥐고 물가로 향했다.

"자, 그럼 시작이다."

풍덩!

양빈을 물에 처넣은 영호선이 거침없이 돌멩이로 그의 몸을 문질렀다.

비악, 박. 바아악, 박……

돌이 지날 때마다 마치 대패로 나무를 밀듯 때가 밀려 나았다. 그동안 얼마나 때를 모았는지 한곳을 여러 번 밀어도 살결이 보이지 않았다.

"아주 징글징글하구나."

박, 박, 바아악박.

짙은 어둠 속 지하 동부는 옅은 대패질 소리가 잔잔히 울려 퍼졌다.

그렇게 거의 반 시진가량 대패질을 하자 살결이 드러났고, 다시금 반 시진이 더 지났을 때는 양빈은 환골탈태 수준으로 뽀얀 살결을 드러냈다.

고생한 보람이 있었다.

"자, 그럼 이제 머리다."

영호선이 양빈의 머리를 물에 처박았다. 그 상태로 영호선이 물속에 놓인 양빈의 머리를 돌로 문질렀다.

수혈이 찍혀 잠든 양빈이었지만 숨이 막히는 것은 어쩔 수 없는지 괴로움에 살아보겠다고 미친 듯이 팔다리를 버둥거렸다.

꼬르륵, 꼬르륵, 꼬륵…….

머리가 박힌 물에 거품이 요란하게 일었다.

영호선은 아랑곳하지 않고 강하게 머리를 누른 채로 돌로 머리카락을 문지르길 멈추지 않았다.

"지금 숨을 쉬는 게 중요한 게 아니다. 숨이야 언제든 쉴 수 있는 것. 참아라. 참아야 한다. 벌모세수나 환골탈태가 그리 쉽게 되는 것이 아니니라."

박, 박, 박박박.

꼬르르, 꼬륵, 꼬륵…….

물에 일던 거품이 어느 순간 고요해졌다. 그와 함께 숨을 쉬어보겠노라고, 살아보겠노라고 발광하던 양빈의 몸이 축 늘어졌다. 아직까지 머리가 물에 처박힌 이래 한 번도 들리지 않은 상태였다.

“그래. 옳지. 잘 참았다. 그래야 착하지. 자, 다시 간다.”

박, 박, 바아악박.

머리에 기름때며 수천 마리의 이가 서식하고 있기에 그리 간단히 처리할 문제가 아니었다. 수년간의 말도 안 되는 노력으로 이루어진 결실을 단시간에 제거하는 작업이니만큼 세밀하고 꼼꼼하고 강한 의지가 필요했다.

다시 발작하듯 양빈의 몸이 꿈틀거렸다.

“그래그래, 곧 숨을 쉬게 해주마.”

영호선이 선심 쓰듯 머리를 꺼내주었다.

푸핫!

양빈이 크게 한 호흡 숨을 들이켰다.

그러나 그것뿐.

영호선이 다시금 뒷모가지를 내리눌렀다.

풍덩!

꼬르르르, 꼬륵, 꼬륵…….

양빈이 미친 듯이 팔을 휘저으며 몸부림쳤다.

온몸이 멋대로 움직였다.

"어허, 그새 의지가 약해진 것이냐."

영호선은 엄하게 꾸짖고 다시금 돌로 머리를 세차게 문질렀다.

박박박…….

꼬르르륵, 꼬르륵…….

곧 거품이 잦아들고 양빈의 몸이 또다시 축 늘어졌다.

"옳지, 옳지. 이제 적응을 하는구나."

정작 양빈은 삶과 죽음의 경계를 왔다 갔다 했지만 영호선은 거기엔 전혀 관심이 없었다. 어떻게 하면 때가 잘 지는지, 얼마나 머리가 원래대로의 윤기를 회복하는지가 중요할 따름이었다.

그렇게 한 호흡을 허락하고 다시 처박기를 세 차례 반복한 후에야 영호선은 만족한다는 듯 손을 들어 흐르지도 않는 이마의 땀을 훔쳐 냈다.

"휴우, 이제 끝이 났구나. 벌모세수는 역시 힘이 드는구나. 이제 과거의 너는 죽었으니 새로운 양빈으로서의 새 삶을 멋지게 살아가려무나."

*　　　*　　　*

양빈은 병상에 누워 마지막 순간을 맞았다.

거지 몰골을 한 채 사랑하는 아내가 눈물을 흘렸고, 네 명의 아들과 네 명의 딸도 더벅머리를 흔들며 울었다.

양빈은 마지막으로 힘을 내 유언을 남겼다.

"나는 비록 떠나지만 너희는 내 뒤를 변함없이 이어가도록 하여라. 걸인의 삶은 그 무엇보다 아름다운 것이다……."

그 말을 끝으로 양빈은 지옥으로 가 염라대왕 앞에 섰다.

염라대왕이 명부를 보더니 혀를 찼다.

"이 자식은 지옥에 올 놈이 아닌데?"

양빈은 그럼 그렇지, 하며 웃었다. 지옥에 올 때 뭔가 잘못되었다고 생각했었다.

염라대왕이 말했다.

"근데 애새끼가 왜 이렇게 더러워?"

"개방의 제자로 평생 거지로 살다가 죽었기 때문입니다. 열 살 이후로 육십 년간 씻지 않았습니다."

지옥의 사신이 공손히 답했다.

"어휴, 이 더러운 새끼. 내 삼만 년 동안 이렇게 추접스런 놈은 처음 보는구나."

"지옥으로 잘못 온 이유도…… 아마 워낙 더러운 탓에 당연히 지옥으로 갈 녀석이라고 생각했던 모양입니다."

"흥, 작오를 일으킬 만하군."

양빈은 그동안의 걸인의 길이 결코 헛되지 않았음에 뿌듯하기까지 했다.

염라대왕이 코를 움켜쥐고 말했다.

"이래서야 천당에 보내겠느냐. 당장 씻겨라. 먼지 한 톨 없이 씻기도록 해."

"명을 받들겠습니다."

지옥의 사신이 떼로 달려들었다.

양빈이 어떻게 해볼 사이도 없이 옷이 벗겨지고 물에 처박혔다. 반항을 해보았지만 지옥의 사신에겐 아무 소용이 없었다.

꼬르륵, 꼬륵, 꼬르륵…….

물에 머리가 처박혀 숨도 제대로 쉴 수가 없을 정도로 무지막지하게 소중한 때들이 벗겨졌다.

*　　　*　　　*

"헉!"

양빈은 너무 놀란 나머지 거칠게 숨을 몰아쉬며 눈을 떴다.

그리고 이내 꿈이었다는 사실에 안도했다.

'후, 다행이야.'

그런데 뭔가 이상했다.

분명히 처소에서 영호선과 도란도란 이야기를 나누다 잠들었는데 새파란 하늘이 보이는 것이다.

왜?

또 이상한 것은 누워 잤는데 지금은 두 발로 서 있었다.

일전에 연무장에서 서서 잔 적이 있었는데 그땐 분명히 그래야겠다고 생각하고 잔 것이었다. 지금은 전혀 의도한 바가 아니었다.

'원주님께 뭐라고 하지?'

이번엔 쉽게 넘어가지 않을 것 같았다.

그러다 양빈은 눈앞의 광경에 어리둥절해지고 말았다.

"어라?"

기괴한 일이었다.

사람들이 빙 둘러 보고 있었다. 항마원주님, 그리고 익숙한 수많은 기재들이었다. 그들은 하나같이 의문이 가득한 표정들이었다.

양빈은 얼떨떨해져 정면에서 바라보고 있는 사람을 향해 조그맣게 말했다.

"원주님!"

항마원주가 고개를 갸웃하고 물었다.

"소형제는 누구신가?"

항마원주는 진정 궁금했다.

이렇게 연무장에서 잠을 자는 인간이라면 양빈밖엔 없는데 생전 본 적도 없는 젊은이가, 양털같이 빛나는 백의에 학사건까지 쓰고 대연무장 중앙에서 잠을 자다 일어난 것이다. 그것도 한 손에는 부채까지 들고 말이다.

경비 무사들은 외부에서 누가 들어온 적이 없다고 했다. 아니, 기척을 눈치채지 못한 것이리라. 이는 필시 전대 기인의 제자임이 틀림없었다.

"나를 알고 있나?"

마치 잘 알고 있는 사람마냥 '원주님!' 이라고 부르다니. 도무지 알 수 없는 노릇이었다.

양빈이 멋쩍게 웃었다.

"왜 그러세요. 저 양빈이에요."

그 말이 떨어지기 무섭게 빙 둘러서 있던 모든 이들이 일제히 한 걸음 물러섰다.

거짓말을 해도 정도가 있는 것이다. 며칠 전만 해도 수천 마리의 이로 무당의 서중휘를 곤경에 빠뜨린 양빈을 거론하다니.

그런데 희한했다.

영락없이 목소리가 양빈의 목소리였다.

"하하하, 다들 왜 그러는지 모르겠……."

양빈은 말을 하다 말고 문득 손에 들린 부채를 보았다. 뿐만 아니라 옷이 이상했다. 빛나는 백의라니. 손을 보는데 손도 정상이 아니었다. 그동안 애써 모은 때 대신 눈이 부실 정도로 뽀얀 살결이었다.

서둘러 소맷자락을 걷어올렸다.

거기에도 때는 없었다.

"뭐, 뭐지? 내 때들 다 어디로 갔어?"

경악스런 한마디에 모두가 일제히 눈을 부릅떴다.

"양빈이 맞나 봐."

"돌아버린 건가?"

"기억이 왔다 갔다 하더니 끝내 씻어버린 모양이야."

"무의식은 거지 생활에 염증을 느꼈던 거군."

수많은 웅성거림에 양빈은 하얗게 질려 버렸나.

과거에는 하얗게 질려도 하얗게 질린 것이 아니었지만 지금은 창백함이 고스란히 드러났다.

"뭐지? 이게 어떻게 된 거야? 어떻게 된 거냐고!"

팔뚝도 걷어보고, 배도 들춰보고, 다리도 허벅지까지 걷어 붙였다. 온몸이 반짝반짝 윤이 날 정도로 새하얗다.

"으아아아악! 이게 뭐야. 꿈이 아니었어. 염라대왕 이 개자식이 날 망쳐 놨어. 염라대왕, 당장 내려와라. 나랑 싸우자. 으아아아악!"

양빈이 비명을 내질렀다.

'허허, 양빈이 맞구나. 거참……'

항마원주가 흐뭇하게 웃었다.

'역시 속마음은 착한 녀석인 게야. 민망하니까 마구 소리를 지르는구나. 시중회에게 미안했던 거겠지. 역시 개방의 제자인 건가. 하하하……'

지켜보던 서중휘도 피식 웃고 말았다.

면사를 뒤집어썼던 황빙빙도 차갑던 마음이 조금은 따뜻
해졌다.

그날 아침, 미친 듯이 절규하는 양빈을 모든 이들이 따스한
눈길로 바라봤다.

맑은 날이었다.

第八章
대재앙

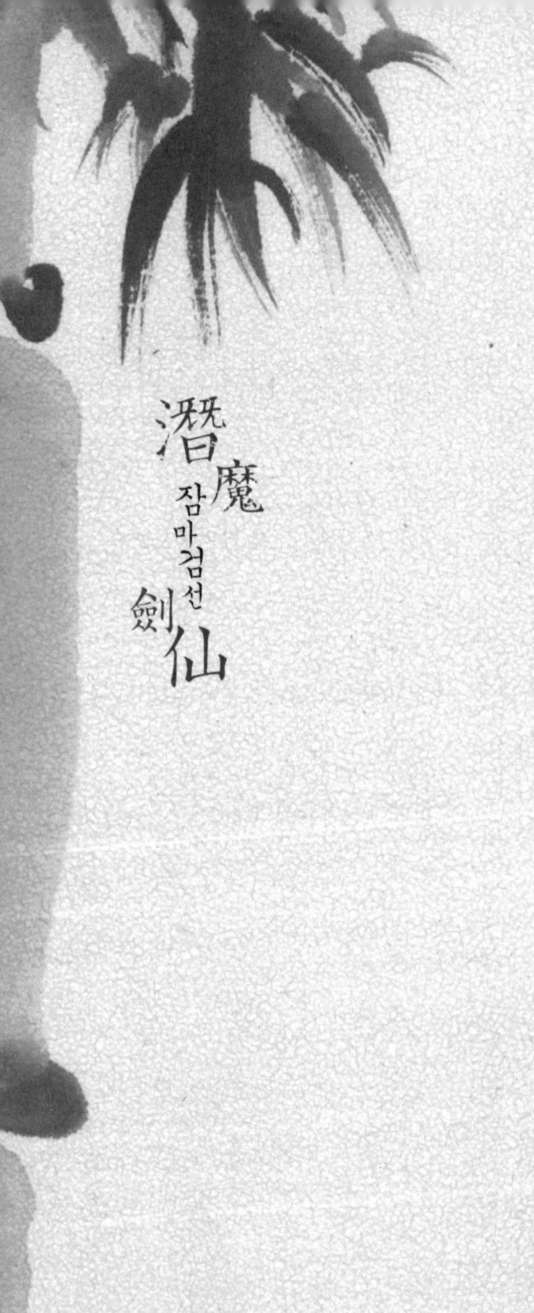
潛魔
잠마검선
劍仙

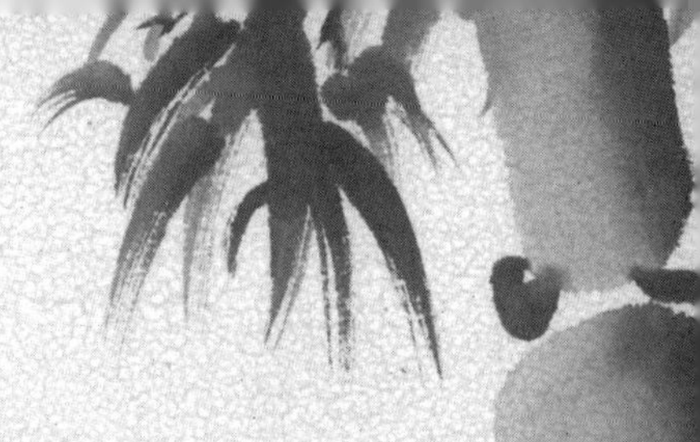

팔랑, 팔랑…….

투두둑… 툭둑…….

풍진은 미친 듯 형산의 산비탈을 구르고 있었다.

원래 풍진이 형산에 온 목적은 이렇게 망가진 채로 구르려는 것이 아니었다. 오직 한 가지, 영호선을 잡아가기 위함이었는데 왜 자신이 공처럼 말린 채 구를 수밖에 없는지 의아하기 짝이 없었다.

혹시나 싶어 마곡에 들렀다가 영호선을 찾지 못해 형산으로 온 풍진이었다.

그리고 달빛 아래 절대적인 은잠 공능을 발휘하는 '월광잠

영'을 펼쳤기에 형산의 누구라도 자신을 발견하지 못할 것이라고 자부했다.

그런데 그것이 아니었다.

제일 처음 들은 소리는 질문이었다.

—뭐 해?

음성도 아니고 전음도 아닌 마음으로 전해오는 소리.

전설 속의 혜광심어처럼 마음에 떠오른 뜻을 상대에게 전달하는 오묘하기 이를 데 없는 소리였다.

천사성모님이 반로환동을 이룬 후 몇 차례 들어보았지만 그러한 경지의 심어를 형산에서 들을 줄은 상상도 하지 못했다.

흠칫 놀라 주위를 돌아봤으나 들고양이 한 마리조차 보이지 않았다.

—이 새끼야, 뭐 하고 있냐니까?

두 번째 물음은 험악하기 짝이 없었다.

풍진은 일이 잘못되어도 크게 잘못됐다고 생각했다.

자신이 누군가. 마도십대고수를 제외하고 그 누구도 두렵지 않을 실력이라고 자타가 공인하고 있지 않는가. 그런데 지

금 상대의 모습을 확인하기는커녕 위치조차 파악하지 못하고
있다니.

　—귀가 먹었냐?

그 말과 함께 풍진은 눈앞에 한 사람이 서 있는 것을 볼 수
있었다.
언뜻 보이는 풍모는 신선의 모습이었다. 현기가 물씬 풍기
고, 잔잔한 바다 혹은 고요한 산야가 통째로 눈앞에 서 있는
느낌이었다.
그러나 그러한 감상도 잠시, 풍진은 소매를 떨치며 은하십
침을 발출했다.
머리카락보다 가느다란 열 개의 침이 달빛에 반짝하고 빛
을 내며 날아갔다.
열 개 중 하나라도 몸에 적중한다면 곧장 혈관을 타고 빠르
게 심장까지 이르러 절명시키는 것이다.
풍진은 근 이십 년 가까이 은하십침을 적에게 사용해 본 적
이 없었다. 그전에도 열 개의 침을 한 사람에게 날린 적도 없
었다. 하지만 지금은 경우가 달랐다.
형산의 전대 기인이라면 그 예우 차원에서도, 자신의 목숨
을 보전하기 위해서도 은하십침을 전부 날려야 했다.
풍진이 마음으로 '애석하지만 어쩔……' 이라고 중얼거리

다 눈을 부릅떴다. 바로 앞에 서 있던 상대의 모습이 팍, 하고 사라져 버렸기 때문이다.

　―수법이 마음에 들어 살려주는 게야. 또 기웃거리면 그땐 죽었다 생각하면 돼.

　그 말을 끝으로 뒷덜미가 뜨끔하더니 온몸이 공처럼 말려 던져졌다.

　팔랑, 팔랑…….

　바람개비보다 더 맹렬히 온몸이 돌고 또 돌았다. 동그랗게 말린 몸, 무릎을 양팔로 감싸고, 머리를 그 무릎에 집어넣다시피 한 형태로 구르는데, 이미 아혈과 마혈이 점혈당해 멈출 수가 없었다.

　수십 그루의 나무를 분지르고, 바위에 부딪쳐서는 퉁 튕겨졌다가 다시 굴렀다.

　정말 희한하고 신바람나는 광경임이 틀림없었지만 자신이 직접 이 지경에 처하자니 어처구니가 없을 따름이었다.

　이윽고 산 아래쪽까지 굴러 내려와 다시 관도 부근까지 더 구른 다음에야 구르기가 그쳤다.

　머리가 팽팽 돌고 허탈하기 짝이 없었다. 여전히 혈도를 풀 수 없어 몸은 공처럼 말린 채였다.

　'허허, 풍진아… 세상이 참 넓구나.'

풍진은 형산에서 자신이 감당할 수 없는 고수를 만나게 될 줄은 생각지 못했다. 그러나 그 신선의 풍모를 지닌 이는 분명히 자신을 죽일 수 있었음에도 그냥 살려 보냈다.

그런데 이유란 것이 이해할 수가 없었다.

'수법'이 마음에 든다니.

형산에서 영호선을 찾는 것은 둘째치고, 다시 형산에 오르는 날은 그냥 죽으러 가는 것이나 다름없었다.

풍진은 충성스러운 마음이 가득했지만 상황 파악도 못할 정도로 어리석진 않았다. 형산에서 개죽음을 당해 천사성모님도 뵙지 못하는 일은 없어야 했다.

＊　　　＊　　　＊

광마혈성은 저만치 팔랑거리며 미친 듯 굴러가는 놈을 보며 '옳지, 옳지' 하며 손에 땀을 쥐었다.

다섯 그루의 나무를 분지르고, 이어 큰 바위와 막 부딪칠 참이었다.

'그래, 박살 내버려.'

퉁, 하는 소리와 함께 바위가 파편이 튀었다. 더불어 인간 공도 핑그르르 솟구쳤다가 다시 맹렬히 산 아래를 향해 굴러 갔다.

'아, 몸이 왜 저따위냐.'

바위의 전면이 살짝 부서졌을 뿐이라 광마혈성은 아쉬움을 표했다.

매일 두 사람이 아웅대다 혼자 지내려니 용암어 맛은 둘째치고라도 허전함이 가득해 어린 제자 놈을 찾아 형산에 이른 광마혈성이었다.

오는 길에 여기저기 세상 구경도 하다가 형산에 밤늦게 와 보니 웬 놈이 잠영술을 펼치고 은신해 있는 것이 아닌가. 은은히 마기가 흘러나오는 것이 형산에 좋지 않은 의도를 가지고 온 놈이 틀림없었다.

형산파에 온정 따윈 없지만 그래도 명색이 제자가 머무는 곳이다. 또 그렇다고 목을 따버리기엔 암기의 발출이 문득 제자를 떠올리게 하는지라 그냥 던져 버린 것이었다.

이내 인간 공에 대한 관심을 접고 광마혈성은 어둠에 잠긴 형산의 전각을 주시했다.

'자, 한번 찾아볼까나.'

마운천봉공을 팔성까지 익힌 영호선의 기운을 찾아내는 것은 그리 어려운 일이 아니었다.

광마혈성이 검지로 한곳을 지목하듯 쭉 뻗었다.

순간 수백 가닥의 무형의 기운이 실처럼 흘러나갔다.

그것은 형산의 곳곳을 스치듯 지나며 동류의 기운을 탐색해 나갔다.

잠시 후 광마혈성은 고개를 갸웃했다.

‘없네?’

분명히 녀석은 형산에 가서 오랫동안 처박혀 있을 것이라고 했고 또 그럴 수밖에 없거늘, 어디에도 마운천봉공의 기운을 읽을 수 없었다.

‘설마 벌써 누가 손을 쓴 거냐……’

잠마원주에게 말을 해놨지만 혹시 모를 일이었다. 만약 그런 것이라면 연관된 놈들은 모조리 죽여도 시원찮있다. 감히 내 제자를 건드리다니.

그러나 곧 광마혈성은 고개를 저었다.

‘아니야. 녀석이 미친 척하고 손을 쓰면 소요마선 그놈 정도는 찜쪄먹을 텐데……’

마운천봉공에 검절의 검예까지 일정 수준 연마한 영호선이 아니던가.

생각이 거기에 이르자, 더욱 머릿속이 복잡해졌다.

‘이 자식 도대체 어디로 간 거야?’

광마혈성은 쓰게 입맛을 다시고, 스르륵 작은 전각 쪽을 향해 신형을 날렸다. 이렇게 되면 직접 물어보는 수밖에 없는 것이다.

달빛이 스며들듯 광마혈성이 전각 안으로 들어갔다.

이윽고 한 침상 앞에 이른 광마혈성은 슬쩍 눈을 찡그렸다.

이제 열다섯이나 열여섯가량 되었을 어린 여자아이가 이불을 차내고 침을 흘리며 자고 있었기 때문이다.

‘쯧쯧… 잠버릇하고는…….’

광마혈성은 이불을 다시 덮어주고 소녀의 이마 부분 위 허공에 손을 휘저어 글귀를 써 내려갔다.

그것은 기를 장악하여 뜻을 전하고 또 뜻을 받아들이는 수법이었다. 글귀의 내용은 간단했다.

영호선은 어디에 있느냐?

만약 제자 놈이 형산에 오지 않았다면 모른다는 답이 나올 것이고, 그렇다면 다른 곳을 찾아봐야 했다.

그때 소녀가 잠꼬대하듯 입을 열었다.

“영호 사형은 항마원에 갔어요. 음냐…….”

소녀는 영호선의 사매인 홍미미였다. 그러나 그녀는 자신이 말을 하고 있다는 것도 전혀 인지하지 못했다. 잠에서 깨어난다고 해도 결코 기억조차 못할 터였다.

광마혈성이 눈을 부릅떴다.

‘하, 항마원?’

어이가 없다 못해 웃음이 날 지경이었다.

잠마원에서 미쳐 날뛰던 놈이 형산에 오자마자 항마원에 갔다니.

‘이런 미친놈을 봤나. 도대체 어쩌자고…….’

그러나 또 생각해 보니 녀석이 자발적으로 갔을 리 만무할 것이란 생각이 들었다. 분명히 똥마려운 강아지마냥 질질 끌려갔으리라.

'허허… 이거 참… 고놈 때문에 형산에 이어 항마원까지 가보게 생겼구나.'

광마혈성은 이내 한줄기 연기처럼 그 자리에서 사라졌다.

*   *   *

이른 아침 양빈이 일생일대의 결심(?)으로 회개하고 새로운 삶을 살고자 깨끗한 모습이 되자, 항마원은 훈풍이 가득했다.

모욕을 당했던 화산 제자 황빙빙과 무당 제자 서중휘조차 양빈에게 사과를 받는 것 이상으로 만족해했다.

그동안 면사를 썼던 황빙빙은 얼굴을 드러내고 화사한 미소를 되찾았고, 서중휘도 양빈과 따로 이야기를 나누고 싶을 정도였다.

두 사람은 양빈을 시발점으로 한 사건으로 서로 어색한 상태에 있었다.

황빙빙은 여자로서의 수치를 당했고, 서중휘는 황빙빙의 귓속말에 내상보다 더한 아픔을 겪었다.

"이 새끼야. 제발 좀 떨어져. 가려워 죽겠어."

황빙빙의 이 말이 귓가에 어른거릴 때마다 서중휘는 죽고 싶은 충동에 사로잡혔었다.

그러나 그 고통마저도 양빈이 스스로 소중한 것을 포기한 힘든 결정으로 모두 치유되었다.

얼마 전 비무에서 머릿속의 이가 죽어간다고 울부짖던 양빈이었으니 양빈이 씻어버리기까지 얼마나 큰 고뇌 속에서 갈등했을지 충분히 짐작할 수 있었다. 진심으로 미안한 마음을 품은 것이었으리라.

식당의 탁자에 마주 앉은 황빙빙과 서중휘는 그 어느 때보다 다정한 눈길을 나누었다.

서중휘는 식욕마저 돋아 오늘만큼은 두 그릇도 문제가 없을 것 같았다.

한편 건너편 식탁에서는 오대세가 출신의 기재들이 한 탁자에 앉아 있었다.

그들도 화기애애한 것은 마찬가지였다.

그동안 오대세가의 기재들은 살아 있는 부처님인 영호선이 양빈으로 인해 곤혹을 치르면서도 그저 대자대비한 미소만 짓고 있는 것을 보며 안타까움을 금치 못했다.

또 몇몇 중소문파의 기재들로부터 끊임없이 비무에 시달렸던 영호선이다.

그런데 가장 큰 문제라고 생각했던 양빈이 대회개를 이루었으니 그 기쁨은 이루 말로 할 수가 없었다.

특히 부처님께 상의하여 새롭게 변모한 모용화는 다른 이들보다 더욱 기쁨이 커 식사 내내 미소를 지었다.

그 모습을 힐끔 보며 남궁추가 말했다.

"정말 상상할 수도 없는 일이 벌어졌군. 아직까지 보고도 믿을 수가 없을 지경이니."

남궁추는 요 근래 몰라보게 변한 모용화가 자꾸만 이성으로 보여 스스로 혼란스러운 상태였다.

과거 수줍음 가득하여 말은 고사하고 눈도 제대로 마주치지 못했을 때는 그저 속으로 혀만 찼을 뿐인데 지금은 눈이 마주쳐도 반짝반짝 눈을 빛내며 서슴없이 미소까지 짓는데 그 모습이 만개한 꽃처럼 아름답기 짝이 없었다.

"대단하긴 하지. 하지만 걱정도 되는군. 어쩐지 양빈이 스승이신 걸신님께 허락을 구하지 않고 스스로 결정한 것 같아서 말이야."

제갈현학이 말했다.

모두 고개를 끄덕였다. 그만큼 이번 양빈의 회개는 대단한 것이었다.

"영호 형이 그나마 편안해져서 다행이긴 한데……."

"맞아요. 보통 사람 같았으면 진작 다시 돌아가겠다고 하거나 매일 슬픔에 젖어 있었을 텐데 그분이니 지금껏 온화한 미소만 짓고 계신 거죠."

모용화가 활달하게 말했다.

그녀는 영호선을 언제나 그분이라고 칭했다.

그녀에게 영호선은 구원자였고 삶의 등불이었다. 거의 신
앙이나 다름이 없을 지경이었다.

황빙빙과 서중휘, 오대세가의 기재들이 양빈에 관해 이야
기를 나누는 것처럼 식당 안의 모든 대화는 오직 양빈이었다.

한편 그 시각, 영호선은 모두가 식당에서 식사를 할 때 처
소에 머물고 있었다.

영호선은 침상에 걸터앉아 있었는데 평소와 달리 안절부
절못하는 모습이었다. 두 손을 연신 주무르고 쩝쩝 입을 다시
는가 하면 이내 일어서서 방을 빙빙 돌다가 다시 앉기를 반복
했다.

"이건 어쩔 수 없었어. 거기까진 미처 생각을 못하고 있었
으니까."

영호선은 작게 중얼거렸다.

음성에는 미안한 기색이 역력했다.

"어느 정도일지 정말 상상이 가질 않는군. 곧 비명 소리가
들릴 텐데……."

이제 식사도 끝날 시간이다. 곧 시작될 것이다.

"모두들…… 미안하다……."

"꺄아아악!"

작게 중얼거리고 있으려니 밖에서 뾰족한 비명 소리가 들려왔다.

영호선은 살짝 몸을 떨었다.

"시작되었구나."

"꺄아아악!"

"아아악!"

"끄아아악!"

"내 배… 내 배가……."

식사를 마친 지 고작 일각여가 지났을 때였다.

항마원은 비명과 울부짖음이 난무했다.

한두 사람이 아니었다.

모두가 배를 움켜잡았다.

창자가 끊어질 듯한 고통에 이어 속이 부글거려 모두는 미친 듯 뒷간으로 내달렸다.

어떤 이는 달리는 것조차 버거운 듯 두 다리를 배배 꼬고, 또 어떤 이는 이미 걷지도 못하고 바닥을 박박 기고 있는 상황이었다.

황빙빙과 서중휘도 사정은 다르지 않았다.

그래도 두 사람 중에서 황빙빙은 조금 더 나았다.

서중휘는 뛰지 못했다. 이미 나자빠져 두 팔로 포복하듯 땅바닥을 기었다.

황빙빙은 함께 식사를 마치고 나오다 먼저 발작한 서중휘를 이상히 보다가 갑자기 창자가 뒤집어 꼬이는 듯한 고통이 엄습하자 경악했다.

서둘러 신형을 날려 뒷간 쪽으로 향하려 했으나 연인인 서중휘가 배를 움켜쥐고 땅을 기자 발만 동동 굴렸다.

"왜 그래요?"

"배가… 내력을 끌어올릴 수가 없어……."

황빙빙은 자신도 상태가 좋지 않았지만 이대로 서중휘를 버려둘 수는 없었다.

"제가 업고 갈게요."

서중휘의 눈에 감동이 서렸다.

마치 전장터에서 부상당한 전우를 놓고 갈 수 없다는 결연한 의지를 보는 것 같았다. 이 상황이 배가 아파 뒷간으로 가야 하는 것만 아니었다면 실컷 격정에 휘말렸으리라.

"고, 고마워."

"천만에요. 당연한 일이죠."

황빙빙은 서중휘를 업고 신형을 날렸다.

도저히 이해할 수 없는 상황이었다. 여기저기 난리가 아니었다. 서로 먼저 가겠다고 미친 듯이 몸을 날리는 사람에, 서중휘처럼 바닥을 기는 이들도 허다했다.

서중휘의 내공이 자신을 상회하거늘 왜 힘을 쓰지 못하는지 이해할 수 없었다. 단지 다른 날보다 밥을 두 공기 먹고 국물도 걸죽하니 맛있다면서 연거푸 세 대접을 게눈 감추듯 비운 것뿐이었다.

"이제 거의 다 왔어요."

황빙빙의 말에 서중휘가 신음하듯 답했다.

"그… 그래……."

이미 말조차 할 수 없는 상황인 듯싶었다.

곧 황빙빙은 뒷간에 도착했다. 하지만 눈앞이 샛노랗게 변하고 말았다.

이미 뒷간은 줄이 길어도 너무 길었다.

모두들 발을 동동 구르며 신음을 내뱉고 있었다.

"아! 어쩜 좋아."

황빙빙은 이제 자신도 배가 끊어질 듯 아파오고 서 있기조차 힘든 상황이었다. 서중휘까지 등에 업고 있으니 식은땀이 절로 솟아났다.

'안 돼… 참아야 해… 이럴 순 없어…….'

그때였다.

"황 매……."

거의 다 죽어가는 목소리로 서중휘가 말했다.

황빙빙은 대답할 여력이 없었다.

서중휘가 다시 나직이 말했다.

"미안……."

‘미안?

황빙빙이 의문을 가질 때, 그에 서중휘가 화답했다.

푸다다다닥…….

사람의 입에서 나오는 소리가 아니었다. 도저히 향긋하다고 할 수 없는 냄새가 뒤를 이었다.

황빙빙은 멍해져 버렸다.

대무당파의 기재이자 남자이면서도 백옥같이 고운 피부에 절세적인 미공자의 용모를 지닌 서중휘였다.

그런 서중휘가 자신의 등에 업힌 채로 똥을 싸버릴 줄은 상상도 못했다. 그러나 이것은 현실이었다.

그녀는 서중휘를 업은 채였고, 당연히 엉덩이와 가까운 허벅지를 두 손으로 각기 받쳐 들고 있었다. 바지가 척척히 적셔지는 가운데 손에도 이물감이 촉촉하게 느껴졌다.

황빙빙이 혼이 나간 듯 중얼거렸다.

“싸버렸군요…….”

황빙빙은 받쳐 든 손에 힘을 뺐다.

서중휘가 미끄러졌다.

철퍼덕!

서중휘가 바닥에 나뒹굴었다.

그러는 중에도 서중휘는 한번 시작하기가 힘들지 그다음은 문제가 아니라는 듯 경련을 일으키며 설사를 연거푸 쏟아내기 시작했다.

그때 확인 사살하듯 큰 외침이 주변을 휩쓸었다.

"저기 무당의 서중휘다!"

"헉, 정말 서중휘야!"

"말도 안 돼!"

"울고 있어."

"싸면서 울어."

그 외침 이후 일순간 고요가 찾아왔나.

얼마 전에는 양빈과 비무를 펼치다 수천 마리의 이에 온몸을 긁어대며 발작하던 서중휘가 이번엔 모두가 보는 앞에서 눈물을 흘리며 연신 몸을 떨고 있었다.

사랑과 우정과 화합이 깃든 장차 정도의 미래들을 양성하는 항마원이 서중휘에겐 무덤이 되었다.

그러나 그것은 단지 서중휘 한 사람에게 국한된 것이 아니었다.

한번 뒷간을 차지한 이들은 결코 나올 생각이 없는 듯 아주 상주하고 있었기 때문에 온몸을 배배 꼬며 대기하고 있던 이들 중 십여 명이 결국 참지 못하고 서중휘와 마찬가지로 퍼질러졌다.

참담한 비명이 줄을 이었다.

"안 돼……."

"흑흑흑…… 나 이제 어떡해……."

"으아악, 제발 누가 꿈이라고 말해줘."

그들은 서럽게 눈물을 흘리며 바닥에 주저앉아 있는가 하면, 망연자실하여 믿을 수 없다는 표정으로 달관한 표정을 짓기도 했다.

황빙빙은 서중휘의 발작을 지켜보다 다시 두 손을 들어 살펴봤다. 정말 상상하기조차 싫은 액체 같지도 않고 고체 같지도 않은 옅은 찌꺼기까지 섞인 채로 묻어 있었다.

그러나 문제는 그게 아니었다.

그녀도 이제 한계치에 다다른 것이다.

숨을 쉴 수조차 없는 압박이 하복부에 밀려들었다.

"읍!"

이대로 있다간 서중휘 꼴이 날 것이 분명했다.

결단을 내린 황빙빙이 신형을 날렸다.

외곽 숲 속에라도 가서 일을 봐야겠다고 생각한 것이다.

하지만 그것은 대단한 착각이었다.

내력을 끌어올리고 무리하게 신형을 날리는 바람에 그녀는 허공에 솟구쳤다가 뜬 채로 일을 저지르고 말았다.

푸다다다닥!

상황은 허공에서 벌어졌고, 그 광경은 그 어떤 기재들의 부들거림보다 강렬하고 놀라운 것이었다.

치마 밑으로 누런 액체가 사정없이 쏟아졌다.

무림 역사상 첫손에 꼽힐 정도로 치욕스러운 광경이었지만 그 모습을 보고 웃음 짓는 사람은 아무도 없었다. 단지 조

금 더 불쌍한 꼬락서니가 되었을 뿐, 누구도 황빙빙을 손가락
질할 수 없었다.

황빙빙은 신형이 추락하며 바닥에 나뒹굴었다.

이미 시작되었고, 또 걷잡을 수가 없었다.

그녀는 철퍼덕 바닥에 고꾸라지면서 비참함에 왈칵 눈물
을 쏟았다. 저만치 서중휘가 여전히 경련을 한 채로 바라보고
있었다.

황빙빙은 속으로 절규했다.

'보지 마… 제발… 날 보지 말아줘…….'

서중휘와 황빙빙은 약 오 장여를 사이에 두고 나란히 엎드
린 채로 서로의 눈을 바라보았다.

모든 것을 다 보인 것보다 더한 공동체 의식이 서로를 휘감
았다.

서중휘가 말을 걸었다.

파다다닥…….

황빙빙이 화답했다.

파다다다닥…….

서로의 눈은 수없이 많은 삼라만상의 이치와 희로애락이
멋대로 뒤섞였다.

구파일방과 더불어 정도무림의 중추이자 천하제일가로 명
성이 드높은 남궁세가.

그중에서도 선별된 기재 중의 기재인 남궁추는 지금 한 손으로는 배를 움켜쥐고, 얼굴은 창백한 상태로 미친 듯이 숲 속을 뛰어다녔다.

이미 뒷간은 희망이 보이지 않았다.

방법은 오직 하나. 항마원 외곽 숲이 유일한 희망이었다.

그러나 또 그게 쉽지 않았다.

휘리릭!

숲을 관통해 들어갔다.

그러나 그 숲은 이미 주인들이 있었다.

그들은 고통에 찬 얼굴을 일그러뜨리며 외쳤다.

"헉! 또 누구냐?"

"남궁추!"

"저리 가라."

주인들의 외침을 뒤로하고 남궁추는 몸을 빼냈다.

드높은 긍지를 지닌 남궁세가의 자제로서 주인이 있는 터전에 세를 들 수는 없는 일. 함께하자고 해도 이쪽에서 사양이었다.

"제길!"

그렇게 다시 미친 듯이 뛰어다녔다. 하지만 적당하다 싶은 숲은 어느 곳이나 막론하고 주인이 있었다. 그때마다 남궁추는 쌍욕을 씹어삼키며 신형을 돌렸다.

"제길, 이제 한계란 말이다."

쥐어짜듯 내뱉고 나려니 순간 적합한 장소가 눈에 들어왔다. 약 십여 평가량 대나무가 무성한 곳이었다. 이미 한참이나 달려 거의 외곽 끝 숲이었다. 아니, 그보다 지금 상황은 적합하냐 마냐의 분별을 할 상황이 아니었다.

'좋아, 여기야. 이젠 어쩔 수 없다.'

남궁추는 이미 장소에 도착하기도 전에 하의를 벗어 젖히고 그대로 착지했다.

그때였다.

"꺄악!"

"어떡해… 나 어떡해……."

"으앗, 나 보고 말았어……."

"여긴 안 돼. 도대체 왜 이곳까지……."

일제히 쏟아지는 외침은 당혹으로 가득 찼지만 남궁추는 이미 돌이킬 수 있는 상황이 아니었다.

그러나 문제는 그 날카로운 목소리들이 모두 여인들의 것이란 점이었다.

남궁추는 머리가 어떻게 돼버리는 줄 알았다.

'씨발, 말도 안 돼!'

최후의 장소로 택한 이곳은 총 다섯 명이 엉덩이를 드러내고 있었다.

교관인 제갈혜미, 북해빙궁의 주약란, 아미의 청연, 숭현문의 조경빈.

그리고 마지막 한 사람을 확인하며 남궁추는 절망의 나락으로 빠져들고 말았다.

모용세가의 모용화!

점점 마음이 끌려가고 있는 여인이 훤히 엉덩이를 드러내고 있었다.

'도, 도대체 내가 뭔 짓을 한 거지…….'

남궁추는 공중에서 바닥으로 착지하는 과정에서 하의를 깔끔하게 벗어 던진 터라 그 몰골의 흉악함이 말로 할 수 없었다. 윗옷을 자꾸만 아래로 끌어당겨 보려 해도 도저히 만회할 수 없는 상태였다.

교관 제갈혜미는 아랫입술을 깨물었다.

북해빙궁의 주약란은 싸늘히 노려봤다.

숭현문의 조경빈은 눈물을 흘렸다.

아미의 청연은 살짝 홍조를 띤 채 시선이 남궁추의 아래쪽 중요 부위를 유심히 관찰하고 있었다.

몸을 빼려야 뺄 수 없는 상태. 이미 시작된 것이다.

남궁추는 그냥 죽을까 싶었다.

모용화가 어떻게든 이곳을 벗어나야겠다는 생각에 두 발로 앉은걸음을 하며 움직이다가 벌러덩 넘어져 버렸다.

"꺄악!"

영호선은 지붕 위에 올라 이 광경을 모두 지켜봤다.

장관이었다.

누구도 예외가 없이 모두들 배를 움켜쥐고 평생 동안 기억하고 싶지 않을, 그 누구에게도 말할 수 없는 참담한 짓거리들을 하고 있었다.

항마원 전체가 마치 뒷간이 된 것 같았다. 통째로 썩어간다고도 할 수 있었다.

'양빈, 설마… 이 정도였던 것이냐… 정말 니란 놈은 대단하다는 말조차 부족하게 느껴지는구나.'

양빈을 깔끔하게 세척한 뒤, 뒤늦게 영호선은 지하 수맥이 항마원의 수원과 연결되어 있음을 깨달았다. 하지만 그것을 깨달았을 땐 이미 양빈의 때는 흘러가고 만 뒤였다. 부디 식중독 비슷한 현상만으로 그치길 빌었다.

하지만 마음속으로는 이미 알고 있었다. 그 무수한 때들을 직접 벗겨냈을 때 스스로도 믿을 수 없었으니까.

그래도 이 정도일 줄이야. 진정 가공할 파괴력이었다.

정녕 독공의 고수가 손을 쓴다고 해도 이렇게 한순간에 항마원을 무력화시킬 수는 없을 터였다.

양빈은 걸인이 아니라 독물이었다. 스님들이 사리를 남긴 것을 생각할 때, 양빈의 배를 갈라보면 어쩌면 독물 특유의 내단이 나올지도 모를 일이었다.

저만치 소림의 광료가 엉덩이를 간 채로 불호를 외치는 소리가 들렸다.

"아미타불! 이러다 내장까지 나올 기세로구려. 허허허, 살다 살다 이런 개 같은 경우를 당할 줄은 생각지도 못했소이다."

서중휘와 황빙빙은 엎드린 채로 서로의 눈을 응시하고 있었다. 이미 두 사람의 눈에 초점은 사라진 지 오래였다.

차마 눈 뜨고 계속 쳐다볼 수 없는 광경들에 영호선은 슬그머니 처소로 돌아왔다.

그리고 침상에 올라 이불을 끌어당겨 머리까지 덮었다.

이불 속에서 작은 목소리가 새어 나왔다.

"나무관세음보살……."

항마원에서 활불이라 불린 이래 처음으로 영호선은 불호를 외웠다.

대재앙이 진정된 것은 석양이 물들 무렵이었다.

그러나 재앙을 맞이한 항마원은 온통 상처투성이였다.

아직 신음 소리는 가시지 않았고 냄새 또한 진했다.

피를 흘린 사람은 없었지만 피보다 더한 것을 흘리고 말았다. 그건 씻을 수 없는 상처였다. 어쩌면 영원히 지워지지 않을지도 몰랐다.

정파 기재들의 사랑과 우정과 화합 따위를 거론하기에 항마원은 이미 못 볼 꼴을 너무나도 많이 보이고 만 것이다. 그나마 다행이라면 공히 모두가 다 같은 상처를 입었다는 것

정도.

거의 동귀어진인 셈이었다.

사태를 진정시킨 건 항마원주를 비롯 일부 교관들, 그리고 의료를 담당하는 의단(醫團)의 단주 만유의선(萬幼醫仙)이 부랴부랴 대책을 마련한 결과였다.

사태 초기 항마원주는 마도련의 독공 고수의 소행을 의심했다. 그러나 곧 만유의선이 해독을 위해 다방면으로 조사한 결과 전혀 의외의 결과가 나왔다.

항마원주는 보고 내용을 들으며 믿을 수 없는 일이었지만 어처구니없게도 그 보고가 자기 머리로 납득이 돼버린다는 사실 앞에 속이 뒤집어졌다.

"정말 해도 해도 너무하는군."

항마원주는 수염을 부들부들 떨었다.

만유의선이 길게 한숨을 내쉬었다.

"다음엔 아예 개방 제자는 항마원 입부를 막아야 할 것 같습니다. 인간의 몸에서 나온 때가 극독에 버금갈 정도라니 이게 말이 되는 일입니까?"

수석교관 탕마검 호유천이 말을 받았다.

"식중독의 가공함도 엄청나지만, 세안을 한 이들마다 얼굴과 손에 붉은 종기가 발생할 정도라니 믿어지지 않는군요. 아침에 일찍 목욕을 한 이들은 지금 인사불성 상태입니다."

"양빈은 왜 아직도 오지 않는 건가?"

항마원주가 역정을 냈다.

그 말에 응답하듯 밖에서 소리가 들렸다.

"개방의 양빈을 데리고 왔습니다. 양빈이 영호선과 동행하길 원해 영호선도 함께 왔습니다."

"두 사람 다 들여보내라."

양빈은 쭈뼛쭈뼛 들어섰다.

그 뒤로 영호선이 대자대비한 부처님의 미소를 하고 따라 들어왔다. 양빈이 혼자 가기 두렵다며 영호선과 함께 가길 청한 까닭이었다.

항마원주를 비롯한 항마원 지도부는 분노가 치미는 중에도 양빈에게서 시선을 뗄 줄 몰랐다. 뒤쪽의 영호선은 눈에 보이지도 않았다.

양빈이 맞지만 양빈이 아닌, 양빈이어서는 안 되는 영준한 청년이 다가오고 있었다. 때로 뒤덮여 햇살에 노출되지 않았던 탓인지 양빈의 피부는 북해빙궁의 주약란의 그 뽀얀 피부에 비견될 정도로 눈이 부셨다.

인간이 이 정도의 변신을 한 것이 경이로울 지경이었다.

그러나 신기하다고 감탄만 하고 있을 순 없었다. 대재앙에 대한 책임은 확실히 짚고 넘어가야 했다.

"앉아라."

그 어느 때보다 싸늘한 음성이 항마원주의 입에서 튀어나왔다.

"그래, 도대체 어떻게 된 일인지 한번 들어보자."

양빈은 말없이 눈물을 주르륵 흘렸다.

오늘 사태의 근원지로 자신이 지목되었다는 것을 알고 있었다. 스스로 생각해도 자신이 아니면 이 사태를 설명할 길이 없었다. 만약 이곳이 항마원이 아니라 적의 소굴이었다면 자식 같은 몸의 때들이 모두를 궤멸시킨 것에 쾌재를 불렀겠지만 아쉽게도 이곳은 항마원이었다.

오늘 아침 연무장에서 눈을 뜨고 자신의 변모한 모습을 확인했을 때, 양빈은 마치 단전이 파괴되고 경맥이 끊어지는 것 같았다. 그런데 거기에 더해 아군에게 피해를 입히고 만 것이다. 이제 눈물을 흘려도 더 이상 씻겨 나갈 때조차 없다는 사실이 더욱 슬프기만 했다.

"눈물로 어물쩡 넘어갈 셈이냐!"

항마원주가 버럭 고함을 내질렀다.

양빈이 겨우 입을 뗐다.

"죄, 죄송합니다……."

"물론 죄송해야지. 그건 당연한 것이고 경위를 설명해 보라는 것이다."

"그게… 기억이 나지 않아요……. 흑흑흑……."

"기억이 안 난다는 말보다 편리한 말은 없지. 고작 그걸 변명이라고 하는 게냐! 닌 일마 진 횡빙빙을 곤란하게 했을 때도 지금처럼 기억이 안 난다고 했었다. 그런 일이 두 번씩이나 반복된다는 것이 말이 된다고 생각하느냐! 도저히 있어나지 말아야 할 일이 두 번이란 건 이미 우연일 수 없다.”

“죄, 죄송해요… 전 정말이지… 기억이 전혀 없어요…….흑흑흑…….”

“끝까지 고집을 피우는구나. 넌 오늘부로 퇴소다. 이 일은 결코 묵과할 수 없다.”

그 말에 양빈의 눈이 휘둥그레졌다. 옆에 앉아 가만히 듣고 있던 영호선도 흠칫 몸을 떨었다. 영호선으로서도 미안한 감정을 지니고 있었던 터라 너무 놀라 순간 부처님의 미소를 짓는 것조차 잊어버릴 정도였다.

양빈이 몸을 날려 항마원주의 바짓가랑이를 붙들었다.

“원주님, 살려주세요. 제발 그것만은… 저 죽어요, 죽는다구요.”

“퇴소일 뿐이다. 누가 널 죽인단 말이냐!”

“사부님께서 저의 이런 모습을 보시면 전 죽습니다. 제발 이 한목숨 살려주세요. 흑흑흑…….”

항마원주도 입을 다물었다.

‘걸신…….’

그렇다. 양빈은 걸신의 제자다. 지금껏 양빈을 방치한 것도 순전히 걸신이 난동을 부릴 것을 염려했기 때문이었다.

생각이 거기에 미치자 항마원주는 머리가 복잡해졌다.

'이 녀석이 사부를 그렇게 무서워하는데 제정신으로 이런 짓을 했을까?'

양빈이 기억에 없다는 것은 어쩌면 사실일지도 모르겠다는 생각이 들었다.

항마원주가 서러움에 복받쳐 울고 있는 양빈을 내려다봤다.

거짓으로 꾸미는 모습이 아니었다. 정녕 그렇다면.

'돌아버린 건가?'

"쯧쯧쯧……."

항마원주가 혀를 찼다.

돌아버렸군, 돌아버렸어. 그렇게 미친 짓을 하더니만…….

영호선은 항마원주의 눈에서 연민이 떠오른 것을 보고 기회는 이때다 싶어 입을 열었다.

"소인이 한말씀 올리겠습니다."

"그래, 말해보거라."

영호선은 이번 일로 목적이 초과 달성된 터라 더 이상 선량한(?) 양빈이 피해를 보는 것을 원치 않았다.

"사실 지난밤 양빈님과 소인은 짧은 대화를 나누었습니다. 어쩌면 그 대화가 해답이 되지 않을까 싶습니다."

그 말을 시작으로 영호선은 양빈이 앞으로 어느 양가집 규수를 거지로 만들어 함께 시궁창을 구르고, 자식을 펑펑 낳아 떼거지로 굴러다니는 이야기를 나누었다고 고했다.

항마원주와 수석교관 호유천, 그리고 만유의선이 침을 꿀꺽 삼키며 한마디씩 꺼냈다.

"온… 가족이?"

"양갓집 규수를 말이냐……."

"애, 애들까지……."

영호선이 고개를 끄덕였다.

"그렇습니다. 그때 양빈님께서는 자못 고민이 많아 보이셨습니다. 그래서 소인은 속으로 생각하길 양빈님께서 실제로는 그러한 미래를 원치 않으시는 것이구나, 싶었습니다. 오늘 일은 아마도 그런 무의식이 작용한 것이 아닐는지요."

항마원주가 아직까지 다리를 붙들고 울먹이고 있는 양빈을 보며 입술을 깨물었다.

'휴우, 정말 너란 녀석은 내 생애 처음으로 인간의 뇌를 열어보고 싶어지게 하는구나. 어떻게 남이 잘 키운 딸을 생거지로 만들 생각을 한단 말이냐.'

"일어나라. 퇴소는 없던 것으로 하겠다."

"흑흑흑, 감사합니다. 감사합니다."

"고맙다는 말은 활불에게 해야 할 것이다. 활불의 말이 아니었으면 널 당장 쫓아냈을 테니까."

영호선은 뜨끔했지만 내색하지 않고 겸양했다.

항마원주가 말했다.

"그만 나가봐라."

양빈과 영호선이 나가자 항마원주는 수석교관 호유천을 향해 말했다.

"휴교령을 내려야겠네. 기간은 보름. 모두에게 알리도록 하게."

"그리하겠습니다."

항마원은 지금 쓰레기장이 저리 가라고 할 정도로 온갖 악취로 가득했다. 보름 동안에 깨끗이 치울 수 있을지도 의문이었다.

그러나 문제는 환경이 아니었다.

기재들은 서로 못 볼 꼴을 실컷 봐버린 상태이고, 심지어 교관들 중 몇 명도 원생들 앞에서 흉측한 모습을 드러내 보이고 말았다. 이 상태로는 누가 누구를 가르치고, 또 함께 얼굴을 맞댄다는 것 자체가 상처가 될 터였다.

그리고 식중독과 피부병 치료도 이 기간 동안 병행되어야 할 일이었다.

잠시 침묵이 감돌 때 마유의선이 조심스럽게 입을 열었다.

"원주님, 한 가지 이상한 점이 있습니다."

"뭔가?"

"최근 일어난 일련의 사태들은 항마원 이래 보기 드문 사건이랄 수 있습니다. 한데 공교롭게도 그 일들이 영호선이 항마원에 입부한 뒤에 벌어졌다는 것입니다. 저로선 영호선이 의심스럽⋯⋯."

마유의선의 말은 더 이상 이어지지 못했다.

"무슨 해괴한 소리인가! 어째 이야기가 산으로 가는군. 활불을 의심하다니. 말도 안 되는 소리."

"외람된 말씀입니다만 영호선이 형산의 무공조차 제대로 펼치지 못한다는 것은 상식적으로 이해할 수 없는 일이지 않습니까?"

"상식적으로 이해 안 되기에 활불인 게지. 백에 하나 영호선이 배후라고 해보지. 양빈과 함께한 것이 괴롭겠나, 아니면 중소문파의 기재들에게 비무라는 명목으로 나뒹군 것이 괴롭겠나?"

"무, 물론 후자겠습니다만⋯⋯."

"그렇다면 도대체 영호선이 무슨 신통력이 있어 이런 일을 조장했겠나?"

"제가 의문을 품은 건 사실 오늘 이상한 광경을 목격했기 때문입니다."

"이상한 광경?"

"아까 보셔서 아시겠지만 영호선은 식중독에 걸리지도 않았고, 피부병도 없는 상태입니다. 게다가 모든 기재들이 곤란한 상황에 처해 있을 때 영호선이⋯⋯."

"됐네. 식사를 하지 않고, 아침 소란 때문에 미처 씻지 못했던 것이겠지. 영호선뿐 아니라 서너 명은 아무 피해도 입지 않았다고 하지 않았나. 차라리 그들을 살펴보는 게 더 나을 게야."

"흠……."

마유의선이 침음성을 흘렸다.

그는 오전에 영호선이 지붕 위에서 사방을 관조하듯 내려다보는 것도 본 터였다. 그 모습이 너무도 태연해 부쩍 의심이 일었던 것인데 항마원주의 반응을 보니 더 말을 붙일 엄두가 나지 않았다.

항마원주가 말했다.

"그만 마치도록 하지. 수석교관은 교관들을 둘러봐 주고, 의선은 치료에 만전을 기해주게."

항마원주가 회의를 파하자 마유의선과 호유천이 읍을 하고 나섰다.

그러나 집무실을 나선 뒤에도 마유의선은 찜찜한 기분을 떨칠 수가 없었다.

"여전히 마음이 쓰이나?"

수석교관 호유천이 물었다.

마유의선이 고개를 저었다.

"잘못 본 것이겠지."

"아니. 전혀 생각이 없었네만 자네 말을 듣고 보니 의문이 일긴 하더군."

"그래?"

"한번 알아보도록 하겠네."

그 말에 마유의선의 얼굴이 밝아지며 호유천을 향해 귓속
말을 건넸다.

第九章
보이지 않는 자들
第九章

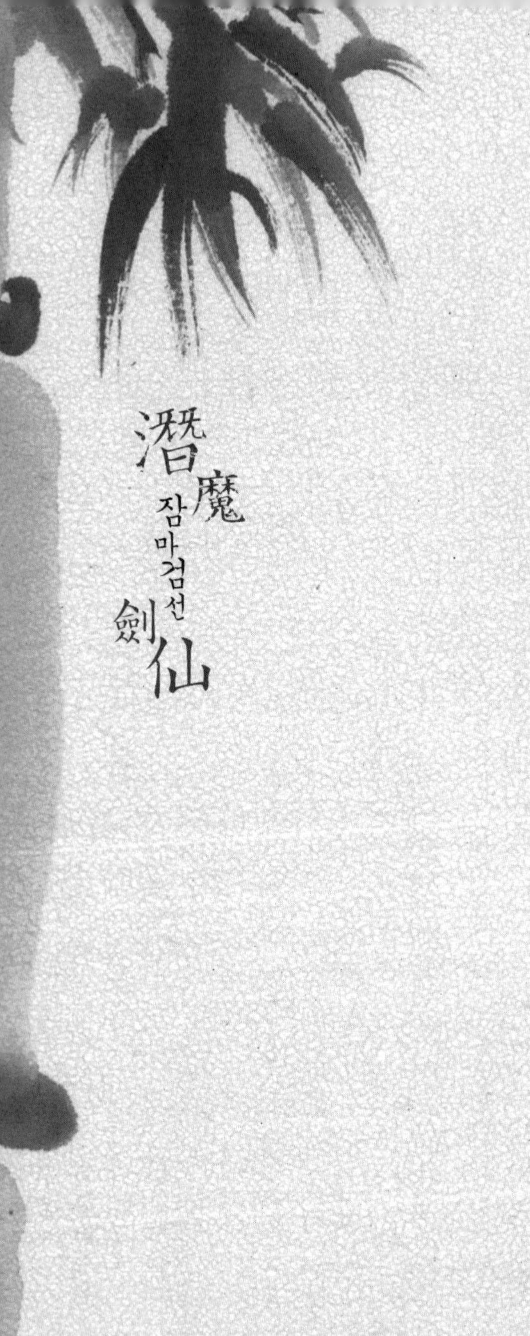

潛魔
劍仙
잠마검선

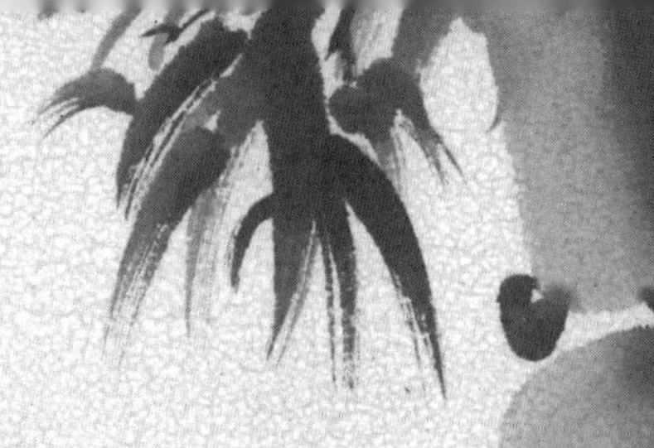

제자, 양빈. 사부님께 죄를 고합니다.

그동안 온 정성을 다해 모은 때를 분실해 버리고 말았습니다.

제자를 벌하여…….

와락!

영호선은 양빈이 쓰다 버린 서신을 구겼다.

양빈은 정신없이 방 안을 서성이다 눈물 속에서 몇 번이고 서신을 쓰고 버리기를 반복하다 잠이 들었다.

이후 영호선은 서신 하나를 주워 들고 지하 동부로 내려왔다.

물론 다른 날과 마찬가지로 양빈의 수혈을 찍어두는 것도 잊지 않았다.

"휴우, 불쌍한 녀석……."

정말이지 일이 이렇게 커질 줄은 꿈에도 생각지 못했다. 설마하니 양빈을 보며 불쌍하다는 생각을 하게 될 줄이야.

동병상련!

사부를 생각하며 두려워하는 모습을 보고 있자니 미친 사부가 떠올랐기에 영호선은 이해가 되고 만 것이다.

영호선은 석벽의 한쪽에 앉아 글귀를 지웠다.

양빈
나이:십칠 세
문파:개방
죄목:세상을 오염시킴
특징:개념 전무

그 아래 광료와 서중휘, 청연, 막겸 등도 이번 대재앙 한 번으로 모조리 쓸어버린 터라 더 이상 손을 봐주고 말고 할 것도 없었다.

영호선은 제일 아래 칸에 '처리 완료' 라고 적어 넣었다.

여기에서 욕심을 부린다면 항마원에서의 생활 강령인 '있는 듯 없는 듯' 이 의미가 없어질 터였다.

"그래, 있는 듯 없는 듯."

영호선은 나직히 다짐을 되새겼다.

*   *   *

사건 발생 후 보름.

드디어 교육이 재개되었다.

우물을 새로 파고 식기들이 전면 교체되었다. 화원과 외곽 숲 속의 오물들을 처리하는 과정에서 오염된 잔디와 나무를 새로 심었다. 기재들의 식중독과 피부 발진 또한 마유의선의 각고의 노력 끝에 모두 완치되었다.

항마원은 언제 그런 일이 있었냐는 듯 말끔히 새단장을 했다. 하지만 그러한 표면의 개선 아래 기재들의 마음의 상처는 고스란히 남아 있었다.

휴교 기간 동안 항마원은 기재들이 바깥출입을 하지 않아 을씨년스러운 풍경이었는데 교육이 시작된 뒤에도 기재들의 안색은 무겁기 짝이 없었다.

황빙빙은 다시 면사를 썼고, 서중휘는 얼음장 같은 얼굴을 한 채 미소를 잃어버렸다. 다른 기재들도 정도의 차이만 있을 뿐 밝은 표정을 짓는 이는 아무도 없었다.

오전 검법 교육을 맡은 수석교관 호유천은 풀죽은 기재들의 모습에 한숨을 내쉬었다.

'이래서야 교육의 의미가 없겠구나.'

교육 인원은 열아홉 명. 모두 얼굴에 그늘이 가득했다.

하지만 호유천은 오늘 따로 할 일이 있었다.

"자, 오늘 교육은 파권식, 파장식의 이해다. 권법과 장법에 능한 상대를 검법으로 어떻게 효과적으로 대처하는 것이 옳은지에 대해 강론토록 하겠다."

기재들은 들리지도 않는다는 듯 대답조차 없었다.

오직 한 사람, 대자대비한 미소 속에서 영호선이 집중하고 있을 따름이었다.

"영호선, 잠깐 나와보렴."

"소인, 분부를 받들겠습니다."

영호선이 나왔다.

"내가 권으로 공격할 테니 최선을 다해 막아보도록 하거라."

"미흡하나마 최선을 다해보겠습니다."

"좋다."

호유천은 빙그레 웃었다. 하지만 속으로는 다른 생각을 품고 있었다.

'마땅히 최선을 다해야 할 것이다. 네 실력을 제대로 보고 말 테니까.'

"자, 준비되었느냐?"

"선공하십시오."

“간다.”

호유천이 권을 날렸다.

영호선은 검으로 주먹을 쪼갤 듯 내려쳤다. 검초라고 부르기 민망한 자세였다.

파권식과 파장식의 기본 중의 기본은 권을 정면으로 맞서는 것이 아니었다. 검의 장점을 최대화한다는 점에서 권의 측면, 권이 발출되는 어깨선을 따라 검식을 흐르듯 공탁하는 것이란 것은 검을 익힌 자라면 누구라도 상식적으로 알고 있는 부분이었다.

그러나 지금 영호선의 검식은 그냥 주먹이 덤벼드니 대놓고 주먹을 자르겠다는 식이었다.

호유천은 충분히 제압할 수 있음에도 불구하고 다른 각도로 공격을 다양화해 공격하면서 계속해서 기회를 엿봤다.

그런 사이 영호선의 검식은 점점 더 엉망진창이 되자, 얼음처럼 굳어졌던 기재들의 안색에 실소가 맺혔다.

사람이란 본시 자기보다 못한 존재를 보면 마음이 안정되고 작게나마 위로가 되지 않던가. 그런 점에서 영호선의 허망한 검식은 얼마 전의 아픔을 잠시나마 잊게 해주었다.

권과 검이 수차례 격돌할 때, 호유천이 권의 방향을 일순 틀어 검을 비껴내면서 그대로 영호선의 복부에 꽂아넣었다.

“읍!”

영호선이 묵직한 신음을 내뱉었다.

호유천이 그런 영호선의 관자놀이를 그대로 팔꿈치를 휘둘러 타격했다.

영호선은 그 자리에서 팽이처럼 핑그르르 돌더니 그대로 나뒹굴고 말았다.

누가 보기에도 위력적인 권격이었다.

지켜보는 기재들의 눈에 의문이 가득 찼다.

영호선은 이미 항마원 내에 무위가 제일 낮다는 것을 모르는 사람이 없거늘 교관의 손속은 지나쳤던 것이다.

그때 영호선이 신음 소리와 함께 몸을 일으켰다.

그러나 일어나는 것도 쉽지 않아 몇 번이고 팔이 꺾이면서 주저앉다가 겨우 일어났다.

"교관님… 하늘이 빙글빙글 도는……."

그러다 다리가 괴상하게 꼬이더니 풀썩 바닥에 나뒹굴었다.

그 모습을 보며 호유천은 눈빛을 빛냈다.

그는 방금 삼성의 공력으로 타격을 주었다. 그런데 영호선이 무방비로 맞았음에도 불구하고 몸을 일으킨 것을 보자, 부쩍 의심이 생겼다.

'일어설 수 있을 정도면 최소한 이런 허망한 검식을 펼칠 수준은 아니라는 건데…….'

그런데 그때였다.

"우왁!"

영호선이 선혈을 토해냈다.

기재들이 일제히 외쳤다.

"영호선, 괜찮아?"

"교관님, 너무하신 것 아닙니까?"

"기분 나쁜 일이 있으시더라도 수련생에게 화풀이를 하시다니요."

"이 일은 결코 그냥 넘길 수 없는 일입니다."

호유천이 고개를 갸웃했다.

영호선은 선혈을 한 사발이나 토한 채로 땅바닥에서 바들거리고 있었다.

'제길, 잘못 본 건가……'

견뎌낼 수 있는 상황이 아님에도 억지로 몸을 일으킨 때문인 듯싶었다.

호유천은 영호선을 둘러업고 의료실로 향했다.

자신의 검증은 애매모호했다. 아니, 어쩐지 생사람을 잡아버린 것 같았다. 이제 나머지는 마유의선에게 맡길 수밖에 없었다.

지난밤 두 사람은 영호선 문제로 구체적인 이야기를 나눈 터였다. 호유천은 마유의선과의 대화를 떠올렸다.

"만약 영호선이 비무에서 힘없이 무너진다면 곧바로 데려오게나. 그 자체로 맥을 정밀히 짚어볼 수 있는 기회가 될 것이네."

“그렇게 하지.”

영호선은 혼절한 상태로 누워 있었다.

마유의선의 손이 기경팔맥을 세세히 살피기 시작했다.

그러길 일다경이 지났을 무렵, 마유의선이 손을 떼고 인상을 찡그렸다.

옆에서 지켜보던 호유천이 물었다.

“왜 그러나?”

마유의선이 입을 열었다.

“제대로…….”

“응?”

“활불일세.”

“끙.”

“놀랍군. 원주님도 알고 계셨나 보군.”

“정확히 어떻기에 그러는가?”

“내력이 형편없네. 근골은 누구 못지않게 탁월한데 내력은 한 줌이나 될까 말까로군. 게다가 사기(邪氣)나 탁기(濁氣)가 거의 없네. 내력은 보잘것없는데, 그 보잘것없는 것에 일체의 탁기가 없다니 이것참 기이한 일이로군.”

“흠, 무공보다는 행실과 마음의 단련에 충실했다는 뜻인 게로군.”

“그렇지. 무공에 전념했다면 지금쯤 항마원 기재 중 최고가 될 법한 근골이건만… 아쉽군.”

“허허… 괜한 의심으로 못할 짓을 한 것이 되었군.”

마유의선이 영호선의 손을 잡았다.

“미안하구나.”

호유천이 고개를 살래살래 저었다.

“휴우, 그럼 역시 양빈의 자해인 건가…….”

“자해라… 하긴 그걸 자해라고 표현해도 되겠군. 난 탕약이라도 달여야겠네.”

“잘 부탁하네.”

“의심을 뿌린 것은 나니 자넨 너무 자책 말게.”

*　　　*　　　*

한 마리의 매가 창공을 갈랐다.

한순간 먹빛을 닮은 흑색의 매는 항마원을 곤두박질치듯 내려섰다.

척!

항마원의 경비를 책임지는 야광대의 대주 설필은 팔목에 내려앉은 흑조를 한차례 쓰다듬고 발목에 감긴 전서를 풀었다.

전서 겉면에 ‘무림맹’의 인장을 확인한 설필은 곧바로 항마원주의 집무실로 향했다.

항마원주는 길게 한숨을 내쉬었다.

그의 눈은 어느새 우수에 젖어 있었다. 믿기지 않는다는 듯 손에 들린 서신을 다시 훑어본 뒤 마주 앉은 수석교관 호유천에게 건넸다.

야광대주가 무림맹의 전서를 건넬 때, 두 사람은 이번에 새로 부임하게 되는 신임 여교관에 관해 이야기를 나누고 있던 중이었다.

호유천이 서신을 받아 들었다. 그의 얼굴도 이내 무겁게 가라앉았다.

서신의 내용은 짧았지만 그 안에 담긴 내용은 수없이 많은 말들이 들어 있었다.

무영각 각주 고염후의 처 사망. 자살로 추정.
항마원주, 장례 참가 요망.

무영각은 무림맹의 정보를 다루는 조직으로 중요도 면에서 으뜸이었다. 고염후는 바늘로 찔러도 피 한 방울을 흘리지 않을 것 같은 사람으로 정보 조직 무영각을 무림맹의 최고의 조직으로 만든 장본인이기도 했다.

그리고 고염후의 처는 과거 천하제일미로 이름을 날렸던 나선옥이었다. 비록 지금에 이르러선 오십 세를 바라보는 나이가 되었지만 그녀는 마치 삼십 세 중반 정도로밖에 보이지 않을 정도로 빼어난 미색을 갖추고 있었다.

항마원주와 수석교관 호유천이 슬픔에 잠긴 것은 그녀의 사인이 자살이라는 사실 때문이었다.

무영각의 특성상 과도한 업무로 고염후는 가족을 돌볼 수 있는 여유를 갖지 못했을 것이다.

항마원주가 무겁게 입을 열었다.

"이렇게 되고 마는가……."

"……."

호유천은 이를 악물었다.

항마원주의 눈에 허망함이 깃들었다.

"평범하게 산다는 것, 어쩌면 그것이 행복일지도 모르겠군. 강호는 무엇이고…… 정(正)과 마(魔)는 또 무엇인지……. 무엇을 위해 소중한 사람을 잃어야 한단 말인가……."

"과연… 평범하게 살 수 있는 날이 오려는지요……."

"그런 날은 오지 않겠지, 아마도……."

항마원주가 몸을 일으켰다.

"바로 출발해야겠네. 자리를 비우는 동안 부탁하네. 서찰 내용은 비밀을 유지하도록 하게."

"부족하지만 최선을 다하겠습니다."

"신임 교관이 나보다 먼저 도착할 수도 있으니 자네가 소홀함이 없이 대해주게나."

서재는 고풍스러움이 물씬 풍겼다.

서재의 문 쪽을 제외한 삼면의 벽은 온통 책으로 뒤덮여 있었다.

그곳에 꼽추가 있었다.

꼽추는 책에 포위된 채로 탁자 위의 수많은 서신들을 교차해 가며 살폈다.

그의 용모는 추악하기 이를 데 없었다. 매부리코에 불쑥 튀어나온 광대뼈, 입술도 한쪽이 틀어져 있었다. 등에는 커다란 혹을 달고, 목은 어깨 사이에 파묻혀 있었다.

그러나 지금 그의 두 눈만큼은 한 자루의 날카로운 보검마냥 빛나고 있었다.

문득 분주하게 움직이던 꼽추의 눈과 손이 멈췄다.

인기척이었다.

잠시 후 한 음성이 들려왔다.

"흑귀입니다."

꼽추가 나직이 답했다.

"들어오라."

꼽추의 음성은 낮지만 위압적인 기운이 서려 있었다.

문을 열고 들어온 이는 얼굴에 악귀 가면을 쓴 자였는데 가

면의 악귀 형상은 양쪽 입꼬리가 귀에 닿을 듯 찢어진 채로
웃고 있었다.

혹귀는 한쪽 무릎을 꿇고 머리를 조아린 다음 입을 열었
다.

"무림맹 산하 무영각이 접수되었다는 보고입니다."

"무영각주의 처는 계획대로 처리되었느냐?"

"차질없이 이루어졌습니다. 타살의 흔적을 완전히 지운 탓
에 무림맹에서도 자살로 확정하고 별다른 움직임을 보이지
않고 있습니다."

"흠, 다행이군. 하지만 칭찬받을 일은 아니다."

꼽추의 음성은 싸늘하기 이를 데 없어 순간 서재 안에 서늘
한 냉기가 감돌았다.

혹귀는 흠칫 어깨를 떨었다.

꼽추가 말을 이었다.

"마도련의 정보 조직 삼뇌단을 장악한 것이 벌써 반년. 동
일하게 시작했거늘 무림맹의 무영각주를 제압한 것이 지금에
야 이루어졌으니 터무니없이 나태했던 셈이지."

꼽추가 나태 운운했으나 그 말이 의미하는 바는 결코 가벼
운 것이 아니었다.

삼뇌단과 무영각은 강호를 양분하고 있는 마도련과 무림
맹의 핵심 정보 기관인만큼 이 두 곳을 장악했다는 섯은 조직
의 머리를 움켜쥐었다는 뜻이다.

"백귀 또한 그 사실을 인지하고 있었습니다."

꼽추는 다그치긴 했지만 사실은 그 일이 쉽지 않은 일이란 것도 알고 있었다. 단지 대업을 이루기 전까지는 긴장의 끈을 한시라도 놓치면 안 되기에 방심하지 않도록 하기 위함일 따름이었다.

꼽추가 말했다.

"주군께서 폐관을 마치실 때가 임박했다. 이제 제물을 바칠 시간이 된 게지."

"잠마원은 이미 시작되었고, 곧 항마원에서도 기재들이 외부 활동을 할 시기가 되었습니다."

"그래, 어미를 고통스럽게 하는 데 새끼들을 죽이는 것보다 더한 것은 세상에 없지. 그것이 시작이 될 것이다."

단장의 아픔이라고 했던가. 새끼를 잃은 어미 사슴이 울다 지쳐 죽자 배를 갈라보니 내장이 토막나 있더라고 했다. 한낱 짐승이 그러할진대 사람의 마음이야 어떻겠는가.

"그 일과 관련하여 한 가지 특이 사항이 들어왔습니다."

백귀의 말에 꼽추가 눈을 가늘게 떴다.

"특이 사항?"

"항마원 내 정보원의 보고로 항마원에 뒤늦게 입부한 자가 있다고 해서 알아보니 잠마원에서 탈주한 잠마일혈 영호선이었습니다. 저 또한 잠마원의 영호선과 항마원의 영호선이 같은 자일 것이라곤 생각지 못하여 간과하였으나 그동안의 정보를 면밀히 대조한 결과 동일 인물임을 확인했습니다."

"후후, 기괴한 일이군. 형산파에서 잠마원으로 가더니 이젠 항마원인가. 꽤 복잡한 인생을 살아가는 아이로군. 그럼 정신은 돌아왔겠군."

물음을 던진 꼽추의 입가엔 어느새 미소가 걸려 있었다.

하지만 보통 사람이 짓는 따스한 미소가 아닌 산혹함이 깊게 배어 있을 뿐이었다.

"어떤 수단인지는 밝혀내지 못했습니다만 혈마환의 금제를 벗어난 것으로 보입니다. 현재는 혈마환의 금제를 벗어난 대가인지 무공을 상실하였다고 합니다. 직접 비무하여 확인하였다 하니 틀림없는 것으로 보입니다."

"혈마환에서 벗어나는 대가치곤 꽤 가혹하군. 흠, 무공을 잃은 것이 아쉽긴 하지만 영호선이 항마원에 간 것은 우리에겐 꽤나 좋은 선물인 셈이다."

"그렇습니다."

"영호선이 잠마원을 벗어날 때 목소리를 낸 괴인의 정체는 어찌 되었느냐?"

"현재까지 그에 대한 보고는 올라오지 않은 상태입니다."

"마도련의 전대 고수의 존재 유무는 훗날 변수로 작용할 수 있으니 반드시 파악해 두어야 한다."

“명심하겠습니다.”

“영호선이라……. 꽤 재밌는 일이 생기겠군. 영호선은 이용 가치가 많을 터이니 꾸준히 주시하도록.”

“복명!”

보고를 마친 흑귀가 돌아가자 꼽추는 지그시 눈을 감고 중얼거렸다.

“하늘이 주군의 길을 밝혀주고 있음인가…….”

주군의 천하가 점점 다가오고 있다. 삼십 년의 세월 동안 준비해 온 대업이다. 이제 그 종착지가 눈에 보이기 시작했다.

第十章
불청객

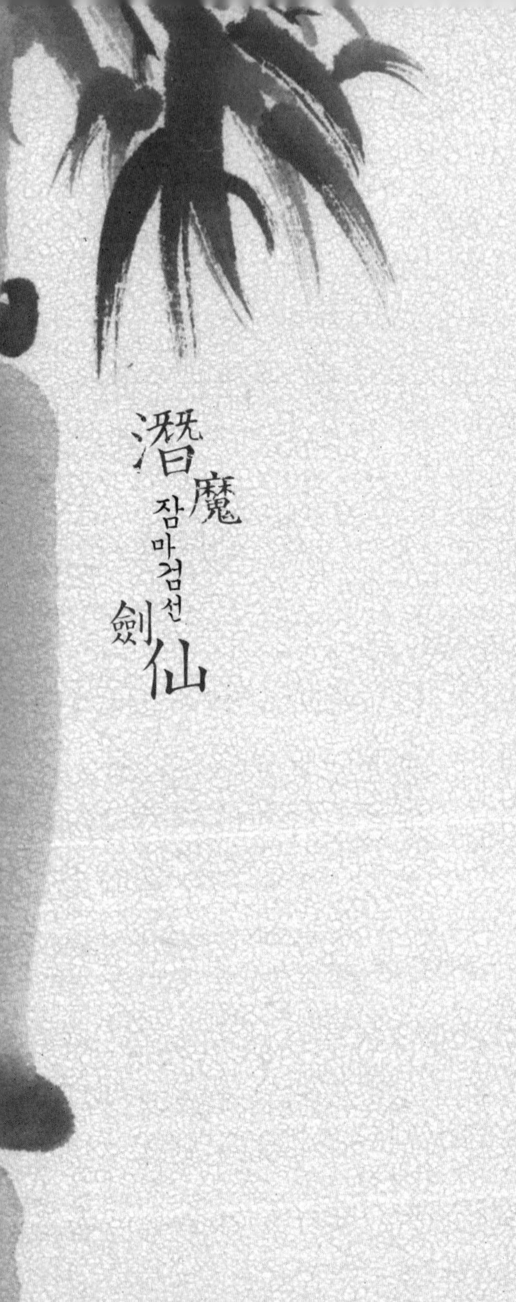

潛魔
劍仙

잠마검선

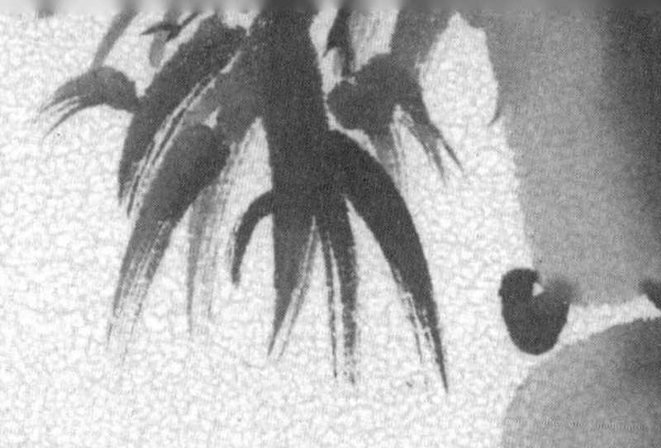

"무슨 일 있어요?"

해질 무렵 빈 연무장을 물끄러미 바라보고 있던 영호선은 활달한 목소리에 고개를 돌렸다.

긴 생머리를 찰랑이며 별빛 같은 눈망울의 아름다운 여인이 생글거리고 있었다. 바로 지척에 다가왔음에도 인기척을 느끼지 못했을 만큼 넋을 놓고 있었다는 생각에 영호선은 활불의 표정으로 맞이했다.

"모용학님이시군요."

"제가 잘못 봤겠지만 울적해 보이시네요."

말과 함께 모용화가 영호선 옆에 앉았다. 중간에 사람 한 사람 정도는 더 앉을 수 있을 만큼의 간격을 둔 채였다.

영호선이 빙긋 웃었다.

"네, 잘못 보신 것 같습니다."

"역시 그렇겠죠?"

모용화는 이제 더 이상 과거의 모습이 아니었다. 말 한마디, 표정 하나하나가 생동감이 넘쳤다.

"저녁노을이 너무 멋져요."

"네, 저도 넋이 나갈 정도입니다."

"상처는 어때요?"

"마유의선님께서 수고를 아끼지 않으신 덕분에 모두 회복되었습니다. 걱정해 주셔서 감사드립니다."

"정말 많이 걱정했어요. 정말이지 호 교관님께서 그날 왜 그렇게 험악하게 손을 쓰신 것인지 이해할 수가 없어요."

"제가 잘되길 바라시는 마음에서 그리하신 것이겠지요. 저는 진심으로 고맙게 생각하고 있습니다."

"아니에요. 제가 볼 땐 마치 사마외도를 처단하려는 것 같았어요. 존경하던 분인데 얼마나 실망스럽던지……. 어?"

모용화가 말을 멈췄다. 영호선이 일어선 것이다.

"모용화님, 말씀 중에 결례를 범했습니다. 하지만 제가 급하게 할 일이 있었는데 그만 깜박 잊고 있었습니다. 죄송하지만 소인은 돌아가 봐야 할 것 같습니다."

"아… 네… 죄송해요. 전 그런 줄도 모르고……."

모용화도 일어나 어색하게 답했다.

"그럼 다음에 정겹게 이야기를 나누도록 하시지요."

영호선이 공손히 머리를 숙인 뒤 총총히 걸음을 옮겼다.

홀로 남은 모용화가 고개를 갸우뚱거렸다.

'이상하네. 분명 웃고 있는데……. 왜 난 울고 있는 것 같은 느낌일까.'

어둠에 잠긴 지하 동부에서 영호선은 아무렇게나 드러누웠다. 역시 지하 동부에 오면 마음이 편하다.

"크크……."

실소가 터졌다.

가장 편안한 곳이 고작 지하 땅속이라니.

어처구니가 없었다.

"제길, 우울하네."

모용화가 제대로 봤다. 영호선은 당장에라도 항마원을 뛰쳐나가고 싶었다. 사흘 전, 수석교관 호유천과 마유의선의 목소리가 귓가에 어른거렸다.

"허허… 괜한 의심으로 못할 짓을 한 것이 되었군."

"미안하구나."

"휴우, 그럼 역시 양빈의 자해인 건가……."

당시 마운천봉공의 은자결을 이용해 기운을 갈무리하지 않았다면 지금쯤 온갖 추궁을 당하고 있었을 터였다.

자신을 숨기고 살아야 한다는 사실이 이렇게 답답할 줄은 몰랐다.

"영호선아, 도망칠까?"

스스로에게 물었다.

"또 도망쳐? 잠마원에 이어 항마원에서도? 대단한 기록이겠는걸."

"남이 뭐라고 하든 상관없잖아."

"좋아, 도망친다고 치자. 그다음엔……."

"……."

아무 말도 할 수가 없었다.

"역시 무리겠지."

"당연하지. 형산에도 돌아갈 수 없어."

"그래, 그건 안 되겠다."

스스로 묻고 답해도 별다른 묘수는 없었다.

마곡의 금마만 만나지 않았더라도 이렇게 전전긍긍하진 않았을 텐데. 그 망할 영감탱이가 문제였다.

'혈마환만 아니었어도…….'

그때는 고작 약물 따위로 심지가 흔들릴 일이 없다고 자부했었다. 지금 생각해 보면 객기도 그런 객기가 없었다.

"휴우……."

가슴이 답답해 절로 한숨이 나왔다.

정(正)은 무엇이고 마(魔)는 무엇일까?

정도(正道)니 마도(魔道)니 그런 구별이 없다면 얼마나 좋을까. 그런 세상이 올까?

영호선은 두 팔을 머리 뒤로 하여 베개 삼고는 가만히 눈을 감았다. 아련히 잠마원에서의 생활상이 떠올랐다.

오조원들의 면면…….

부조장 초이량부터 조 서열 이십위의 옥헌무까지. 비록 녀석들이 용암 바닥으로 자신을 밀어버렸지만 녀석들도 살아보겠다고 어쩔 수 없는 선택을 했을 뿐이었다. 죽이네 마네 숱하게 살벌한 나날을 보냈지만 남은 건 '추억'이었다.

다시 만난다면 녀석들은 어떤 표정을 지을까?

후후, 혈색이 쫙 빠져 버리겠지?

이어 차례로 다른 얼굴들도 떠올랐다.

독상군과 보혈 공급조 녀석들.

살짝 토라져 입술을 내밀며 힐끗거리는 유은령.

냉기를 풀풀 흘리는 설요홍과 사인방.

눈을 가늘게 뜨고 킬킬거리는 독안마의.

그리고 미친 사부!

모두들 보고 싶어지는 날이었다.

"영호선아, 이제 죽을 때가 됐나 보다. 늙은이마냥 왜 자꾸 옛 생각만 나는 거냐."

과거 형산에서 가르침을 받을 때만 하더라도 흑과 백을 나누듯 선과 악을 뚜렷하게 구별했었다. 그러나 잠마원에서 머물다 나온 지금은 그 경계가 모호했다.

마도나 정도가 아닌 그저 '사람'이었다.

비록 마도가 힘을 중시하고 마음 내키는 대로 행동하는 것은 있지만 그것은 정파도 조금만 파고들어 가보면 마찬가지가 아닐는지.

어떤 의미로 마도는 솔직하다고 할 수 있었다. 잠마원의 기재들 또한 과격하긴 하지만 그 안에도 의리는 있었다.

미친 사부와 검절을 보더라도 두 사람은 정반대 쪽에 있었으면서도 의형제가 되지 않았던가. 종국에는 다르지 않다는 것을 이보다 더 선명히 보여주는 예가 또 있을까.

정파는 고향이었지만 마도는 제이의 고향이랄 수 있었다.

형산에 사부님이 계시고, 마도에도 사부님이 계셨다.

어느 것 하나 버릴 수 없었다.

"괴이하군. 아래쪽으로 지하 통로가 있다니."

지하 동부에 드러누운 채 상념의 회오리 속에서 잠깐 잠들었던 영호선이 벌떡 몸을 일으켰다.

'헉! 누구지?

쿵쿵쿵……

심장이 미친 듯이 뛰었다. 낯선 목소리였다. 그러나 중요한 건 정체가 탄로날 것이라는 점이었다.

이미 벽면에는 마운천봉공이며, 검절의 검에며, 항마원 기재들의 기록이 있었다.

쿵쿵쿵…….

심장이 뛰는 소리가 이렇게 클 줄은 몰랐다. 고요하던 지하 동부가 심장의 울림으로 가득 찬 것 같았다.

"그런데 영호선은 어디로 갔을까?"

"무슨 일이 생기지 않았으면 좋으련만."

"아래로 내려가 보면 알 수 있겠지."

두 사람이었다.

영호선은 완전히 얼어붙어 버렸다.

달아날 곳은 어디에도 없었다. 숨을 만한 곳도 없었다. 있다고 해도 벽면을 지우지 않는다면 의미없는 일이었다.

'멍청한 놈, 너무 쉽게 생각했어.'

영호선은 스스로를 책망했지만 지금은 후회하고 있을 때가 아니었다. 입술이 바짝 타 들어가고 식은땀은 등줄기를 적시고 있었다.

'죽여?'

죽은 자는 말이 없다. 하지만 곧바로 고개를 저었다. 말도 안 되는 생각이었다. 그런 생각을 했다는 것만으로 스스로가 혐오스러웠다.

"꽤 깊군."

"항마원에 이런 곳이 있을 줄이야."

목소리가 가까워졌다.

쿵쿵쿵.

영호선은 내력을 끌어올리며, 지하 동부의 진입로 옆 벽면
으로 미끄러지듯 이동했다.

다른 방법은 없었다. 순식간에 제압하여 혼절시킨 후 벽의
흔적을 지운 후 다음을 생각해야 했다.

쿵쿵쿵.

그림자가 슬쩍 비쳤다.

영호선이 몸을 날렸다. 목표는 상대의 견정혈. 번개 같은
일수를 그대로 뻗었다.

그 순간이었다.

"늦어!"

그림자가 훅 꺼져 버렸다.

"헉!"

그리고 머리카락이 통째로 뽑히는 것 같은 통증이 밀려들
었다.

이어 몸이 붕 떠올랐다. 마치 어린아이들이 짚단 인형의 머
리를 쥐어 잡고 멋대로 흔드는 것처럼 영호선의 몸은 허공에
뜬 채로 너울너울 춤을 췄다.

영호선은 정신이 하나도 없었다.

'뭐, 뭐지?'

의문과 함께 영호선은 땅바닥에 꽂혔다.

철퍼덕.

"누구……."

상대의 얼굴이 보였다.

얼굴을 확인한 영호선은 입을 쩍 벌렸다.

"사, 사부님!"

영호선 앞에 광마혈성이 의기양양하게 서 있었다.

짜악!

경쾌하게 뺨을 울리는 소리! 반가운 마음에 달려들던 영호
선은 시원스럽게 목이 돌아갔다.

익숙한 느낌! 오랜만이지만 뺨에 와 닿는 타격감은 여전했
다. 맞고 보니 미친 사부가 눈앞에 있다는 것이 실감났다.

'다행이다. 다행이야…….'

미친 사부가 이리도 반가울 줄은 몰랐다. 만약 항마원 인물
이었다면 지금쯤 뇌가 바스라져 버렸을 것이리라.

"홍, 이런 얼빠진 놈을 봤나. 잠마원을 나와 형산에 처박혀
있을 줄 알았건만 항마원인 게냐?"

"저도 오고 싶어서 온 게 아니라구요. 그런데 사부님, 이곳
은 어떻게 알고 오셨나요?"

목이 돌아간 채로 영호선이 물었다.

뚜드득…….

광마혈성은 영호선의 목을 다시 제자리로 돌려놓았다.

"네가 어디에 있든 찾을 수 있다."

형산에서 항마원으로 갔다는 사실을 안 이상 마운천봉공으로 영호선의 위치를 파악하는 것은 식은 죽 먹기였다. 음성을 변조해 두 사람의 목소리를 낸 것은 기절초풍하는 광경을 보고 싶었기 때문이다.

목이 돌아오자, 영호선은 넙죽 엎드려 절을 올렸다.

미친 사부도 사부는 사부였다.

광마혈성이 엎드린 영호선의 머리를 톡톡 쳤다.

영호선은 자초지종을 설명하라는 뜻임을 알아차리고 그동안의 사정을 설명했다.

형산에서 항마원으로 오게 된 경위부터 얼마 전 교관 호유천과 마유의선의 의심을 산 것까지 투덜투덜 늘어놓았다.

군자검이었던 과거 탓에 항마원에서 군자검의 행세를 하는 거며, 양빈과 한방을 쓰게 되어 씻어버렸다는 이야기를 들을 때는 허허거리다, 양빈의 때독으로 항마원에 대재앙이 내린 이야기에는 박장대소했다.

너무 어처구니가 없어 그 와중에 몇 차례나 영호선의 목을 돌렸다가 다시 제자리로 갖다 놓기를 반복할 정도였다.

그러나 무공이 혼란에 빠진 것과 그로 인해 곤란한 처지에 빠진 것을 들을 때는 고개를 갸우뚱거렸다.

"그래도 지하 동부를 만들다니… 의외로 대견하구나."

“뭐, 숨은 쉬고 살아야 하니까요.”

“미친놈.”

하지만 말과는 달리 광마혈성은 만면에 흐뭇한 미소가 가득했다. 지하 동부를 만들었다는 발상이 마음에 든 모양이었다.

“그런데 사부님! 다른 사람도 이곳을 쉽게 찾을 수 있을까요?”

영호선은 미친 사부의 측량할 길 없는 능력을 알긴 하지만 그래도 다른 사람에게도 발각될 수 있을지도 모른다는 생각에 불안했다.

“걱정하지 마라. 어느 누가 바닥을 파고 지하굴을 만들었다고 생각하겠느냐. 게다가 네놈이 침대 바닥에 두꺼운 천까지 깔아두지 않았더냐.”

“휴우, 다행이네요.”

파악!

광마혈성이 머리를 후려갈겼다.

“윽!”

“이 천하에 무식한 놈의 새끼야. 머릿속에 있는 마운천봉공까지 벽에 새겨두는 짓이 제정신이냐! 네놈 대가리는 장식이냐!”

“그래도 천천히 보면서 음미하는 것이 나을 것 같아서요…….”

"항마원 지하에 기연을 깔아두고 싶은 마음은 추호도 없으니 당장 지워라."

영호선이 검을 뽑아 석벽을 향해 휘날리자, 벽면이 와르르 무너져 내렸다. 내친김에 아예 검절의 검흔도 날려 버렸다.

"용암어 비슷한 건 있냐?"

어느새 광마혈성은 지하 수로를 보고 있었다.

"헤에, 그런 게 있을 리가요. 저건 그냥 지하수인걸요."

"가자."

"네?"

"뭘 좀 먹어야지."

영호선이 와락 인상을 구겼다.

비로소 사부가 항마원에 온 것이 실감났다. 그렇지 않아도 잠마원에서 미쳐 돌아간 것 때문에 머리가 깨질 판인데 괴물까지 항마원에 오고 만 것이다.

'휴우, 산 넘어 산이라더니.'

어쩌면 이러다 잠마원의 인간들이 하나둘 항마원으로 올 것 같은 기분이었다.

'제길, 그건 안 돼.'

* * *

용와객잔의 점소이 왕칠은 쏟아지는 잠을 결국 이기지 못하고 꾸벅꾸벅 졸고 있다가 들려온 소리에 쿵, 하고 탁자에 머리를 찧고는 벌떡 몸을 일으켰다.

"이곳이 좋겠습니다."

문이 열리는 소리와 함께 들려온 말에 왕칠이 서둘러 손님을 맞았다.

약관도 안 된 청년과 풍모가 훌륭한 노인이었다.

"어서들 오십시오. 방은 골고루 넉넉히 준비되어 있습니다."

청년이 말했다.

"저흰 간단히 식사에 반주를 걸치고자 왔습니다."

왕칠은 한껏 머리를 조아렸다.

"손님, 죄송합니다만 이 시간의 저희 객잔은 식사는 어렵습니다. 이층과 삼층의 숙박 업무만 가능합니다. 주방장님도 계시지 않아… 히익!"

왕칠은 말을 맺지 못하고 눈을 부릅떴다.

신선의 풍모를 지닌 노인이 청년의 뺨을 내갈겨 청년의 모가지가 돌아가 버렸기 때문이다.

노인이 말했다.

"그럼 그렇지. 이 쓸모없는 놈 같으니. 제대로 하는 것이 없구나."

왕칠은 마른침을 꿀꺽 삼켰다.

청년이 모가지가 돌아간 채로 눈물을 주룩주룩 흘리고 있었다. 몸이 절로 떨려왔다.

"저… 저기, 제가 간단한 음식은 할 수 있으니 자리에 앉으시지요."

이미 이 부근 객점이란 객점은 모두 문을 닫은 터였기에 다른 곳으로 가라고 할 수도 없었다. 그 말을 꺼내는 순간 노인이 청년을 죽여 버릴 것 같았고, 그다음 자신의 모가지도 돌려 버릴 것 같았다. 맹세컨대 왕칠은 모가지가 돌아간 채로 눈물을 흘릴 자신이 없었다. 저 괴상한 각도는 살아 있는 것이 신기할 정도였다.

"펴, 편하신 자리에 앉으십시오."

"그래? 그럼 기다리도록 하지."

왕칠은 청년의 모가지가 제자리로 돌아온 것을 확인한 후 곧바로 주방으로 달려갔다.

술과 요리가 나왔다.

요리는 산채볶음이었다.

영호선이 잽싸게 술을 따랐다.

항마원을 빠져나와 산을 두 개나 넘고 내려온 마을이었다. 항마원의 경계는 가볍지 않았으나 잠마원 때 그랬던 것처럼 두 사람의 오감은 문제될 것이 없었다.

"사부님, 혹시 용암어 포 뜬 것은 없나요?"

잠마원에서 나온 후 어떤 음식도 용암어에 비할 바가 아니었다. 그래서 혹시나 하고 물었던 것인데 돌아온 대답은 참담했다.

"아! 그러고 보니 내가 왜 그 생각을 못했지. 이 자식아, 왜 이제야 말하는 것이냐!"

"킁."

광마혈성이 술을 털어넣었다. 영호선이 다시 잽싸게 술잔을 채웠다.

"제자야."

"네, 사부님."

"너는 광마혈성의 제자가 처맞고 다니는 것에 대해서 어떻게 생각하느냐!"

객잔으로 오는 도중 영호선은 고민을 털어놓았다.

어찌 된 일인지 뜻대로 무공을 펼칠 수 없었고, 정작 손을 쓸 때는 그때그때 상황에 따라 제멋대로 그 순간에 맞는 무공이 튀어나와 항마원에서는 그냥 맞고 지냈다는 이야기였다.

지금 광마혈성은 그에 대한 물음을 하고 있었다.

"하하, 그거야 말이 안 되는 일이죠. 하지만…… 제 사정이 사정이다 보니……."

마지막에 가서 영호선의 목소리는 기어들어 갔다.

"첫째는 시원하게 패고 다녀서 걱정이 없었다. 그런데 둘째가 문제였지. 녀석이 무공을 익힌 지 삼 년 정도 되었을까, 팔이 부러져 덜렁거리며 돌아온 게야. 이 사부가 어떻게 했겠느냐?"

"다리도… 부러뜨리셨겠죠……."

"후후. 그래, 바로 아는구나. 어쩌나 화가 나는지 참을 수가 없었다."

요리를 내오고 계산대에 앉아 탁자만 긁어대고 있던 점소이 왕칠이 흠칫 몸을 떨었다. 아까 모가지를 돌려 버린 것은 별것도 아니란 생각이 들었다. 왕칠은 몇 가지 요리를 더 해야 하는 것은 아닌지, 술을 더 고급주로 내와야 하는 건 아닌지 갈등했다.

광마혈성이 말했다.

"그다음에 이 사부가 한 일은 제자 놈을 팬 놈을 찾은 거였다. 둘째도 대가 센 놈이라 내 이름을 팔고 다니진 않았기에 놈들은 내가 나타나자 기겁했지. 내 제자였다면 건드리지도 않았겠지만 이미 늦어도 한참 늦은 거였지."

"죽, 죽여 버리신 건가요?"

광마혈성이 고개를 저었다.

이제 왕칠은 침을 꿀꺽꿀꺽 삼키며 이야기에 집중하고 있었다. 진짜 다 죽여 버리고도 남았을 성싶었다.

"놈들을 잡아다 머리만 남겨두고 목까지 묻어뒀지. 둘째 놈은 머리가 비상해서 대번에 알아차렸지. 그래서 그 녀석들의 식사는 둘째가 꼬박꼬박 해 먹였다."

"왜요?"

“놈들은 둘째가 처리해야 했으니까. 그렇게 묻어둔 채로 둘째 녀석은 무공 연마에 매진했다. 한 달이 지나 놈들을 꺼내더구나. 그리곤 다시 대결을 벌인 거야. 놈들도 보통 놈들이 아니라서 둘째가 또 박살이 났지. 그렇게 다시 묻고, 무공을 연마하고, 또 꺼내 대결을 벌이길 육개월이 지났을 때, 둘째가 놈들을 머리까지 통째로 묻어버렸다.”

“헉!”

급기야 놀란 왕칠이 외마디 경악성을 토했다.

광마혈성이 노려보자 왕칠은 두 손으로 입을 틀어막았다.

영호선도 목이 움츠러들었다.

“사, 사형도 대단하시네요.”

짜악!

목을 움츠렸지만 어쩔 수 없이 영호선의 목이 돌아갔다.

“이 새끼야, 지금 그게 중요한 게 아니잖아. 그래서 계속 처맞고 다닐 거냐는 걸 묻고 있는 거잖아. 어휴, 이런 맹탕 같은 놈을 제자랍시고 거두었으니 내가 미쳤지, 내가 미쳤어. 똥인지 된장인지도 구분 못하는 놈을 어디에 쓸꼬.”

그때였다.

“만고색마! 오늘이 네놈의 제삿날이다.”

“헉! 어떻게 여기까지.”

여인의 뾰족한 외침에 이어 남자의 기겁한 목소리가 들려왔다. 광마혈성과 영호선, 전소이 왕칠까지 이층으로 고개를 돌렸다.

파장창…….

이층 객방의 문이 박살나고 난간까지 부서지며 한 사내가 떨어져 내렸다.

객잔의 구조는 일층이 음식을 먹을 수 있는 스무 개 정도의 식탁이 있고, 이층과 삼층은 객방이었다.

그런데 하필이면 사내가 뛰어내린 곳이 마침 정중앙 탁자에서 식사를 하고 있던 광마혈성과 영호선 쪽이었다.

"비켜라!"

사내가 험악하게 외쳤지만 그 자리에 누구도 피할 마음을 가진 사람은 없었다. 사내의 신형이 당장에라도 음식과 술을 엎어버릴 기세로 떨어져 내렸기에 영호선이 오른손을 회자결을 운용해 사내를 향해 쭉 뻗었다.

그러자 떨어지던 사내의 몸이 탁자 위 머리 높이에서 한 바퀴 회전하였고, 영호선이 손을 잡아끌자 영호선의 옆 좌석에 부드럽게 앉는 형국이 되었다.

그건 마치 사내가 절묘한 신법을 발휘해 착석한 것으로 보일 정도로 빠르고 깔끔한 수법이었다.

하지만 정작 사내는 자신의 몸이 멋대로 움직여 마치 깃털마냥 자리에 앉게 된 것을 명확히 알고 있었다.

몸을 날린 기세가 결코 가볍지 않았거늘 약관도 안 된 청년이 부드러운 경력으로 추락할 때의 거센 힘을 모조리 와해시킨 것은 그로선 믿을 수 없는 일이었다.

그러나 사내는 어안이 벙벙해졌으나 이대로 앉아 목을 따겠다고 덤벼드는 불여우 같은 여인을 기다릴 마음은 추호도 없었다. 사내가 튕기듯 몸을 일으켰다. 그러나 그것은 의도로 그치고 말았다.

'헉! 언제……'

어떤 수법을 사용했는지 어느새 마혈이 제압되어 있었다. 등줄기가 서늘했다. 여우를 피하려다 호랑이 아가리에 몸을 밀어넣은 것 같았다.

그때 이층 통로 쪽에서 여인이 나타났다.

삼십대 초반의 여인. 한눈에 봐도 육감적인 몸매. 몸을 조일 듯 꽉 끼는 붉은 경장! 그로 인해 풍만한 가슴이 당장 옷을 찢고 나올 것만 같았다.

"흥, 색마 주제에 동료가 있었던 게로구나. 다정하기도 하지. 늙은 색마에 애송이 색마까지. 좋다, 좋아. 오늘 세 놈을 모조리 저승으로 보내주마."

한순간에 도매금으로 색마 동료로 전락해 버린 영호선이 여인을 향해 연민의 눈길을 보냈다. 쯧쯧, 재수도 없지. 나야 상관없지만 사람을 잘못 건드려 버렸구려. 미친 사부보고 늙은 색마라니.

아니나 다를까, 곧바로 광마혈성의 고운 인상이 와락 일그러졌다.

"술맛 떨어지게 어디서 비명질이냐!"

영호선이 얼른 정정해 주었다.

"사부님, 비명이 아니라 고함입니다만……."

"닥쳐라."

여인이 흥, 하고 콧방귀를 뀌더니 이내 몸을 날렸다.

동시에 광마혈성이 손을 쭉 뻗었다.

그러자 허공에 떠 있던 여인의 신형이 빠른 속도로 끌려왔다. 그건 마치 여인이 광마혈성의 손을 향해 극상승의 신법을 발휘한 것처럼 보일 정도였다.

여인의 눈이 경악으로 물들었다.

광마혈성은 역시 가장 잡기 좋은 곳은 모가지라는 듯 거침없이 여인의 목을 움켜쥐었다.

"켁!"

꽤 곱상한 미모와 육감적인 몸매의 여인은 듣기 거북한 소리를 토해내며 연신 켁켁거렸다.

광마혈성이 여인의 모가지를 잡고 흔들었다.

"야, 빨간 옷! 너 뭔데 야밤에 소란이냐! 대체 뭐가 불만이야! 네가 여기 주인이야?"

여인이 대답했다.

"케켁… 케엑……."

"왜 말을 못해! 내 말이 같잖다는 것이냐!"

"케케에엑… 케엑……."

영호선은 목이 조여 얼굴이 붉은 옷과 동조를 이루어가며 나름 살아보겠다고 버둥거리는 여인이 안타까웠지만 무슨 말을 해도 말릴 수 없는 사부인지라 슬그머니 고개를 돌리고 말았다.

난데없이 옆자리에 앉게 된 만고색마는 사흘 내내 자신을 곤란하게 했던 불여우가 말로만 들었던 허공섭물에, 그것도 사람 몸이 통째로 당겨지는 가공할 수법으로 생 질식사를 당할 상황에 처하자 몸을 부르르 떨었다.

게다가 노인은 목을 조르면서 대답이 없다고 성질을 내고 있으니 이건 꼭 아혈을 찍고는 ‘상당히 과묵하시군요’ 라고 말하는 꼴이라 식은땀이 절로 솟구쳤다.

점소이 왕칠은 이미 입에서 거품을 흘리고 있었다. 바지도 어느샌가 축축해져 버렸다.

“케에엑… 케으으윽…….”

여인은 이제 실신 직전이었다. 현재 여인은 두 다리가 공중에 뜬 채로 목이 잡혀 있는 상태였는데, 확대된 동공에 눈 흰 자위가 붉게 충혈되고 목에는 핏대가 곤두섰다.

살아보겠다고 두 팔과 두 다리를 요란하게 버둥거렸지만 돌아온 건 엄한 꾸짖음이었다.

“어허! 어디서 눈알을 부라리고 목에 핏대를 세워! 네가 정녕 죽고 싶은 게로구나.”

“케윽… 케에엑…….”

영호선은 더 이상 외면하고만 있을 수 없었다. 여인의 말이 맞다면 목이 졸려야 할 사람은 옆자리의 사내이지 여인 쪽이 아니었다.

사부에게 맞아죽을지도 모르지만 지금은 용기를 내야 할 때였다. 오직 한 생명 살리겠다는 일념으로 영호선의 두 눈이 이글거렸다.

그리하여 잽싸게 술잔을 들어 바쳤다.

"헤헤, 사부님 술 한잔하시죠."

사내, 만고색마는 다시금 몸을 부르르 떨었다.

이 험악한 상황에서 헤실거리는 웃음이라니. 어린 놈의 새끼가 더 무서웠다.

하지만 광마혈성은 여인을 탁자 아래로 내동댕이치고 술잔을 받아 들었다.

"망할 년이 누굴 보고 색마 운운이야."

영호선은 다행이라고 생각하며 안도의 한숨을 내쉬었다.

탁자 아래 널브러졌던 여인은 그제야 자신이 오해했다는 것을 깨달았다.

만고색마를 추적하길 사흘째.

어제 행적을 놓쳐 이를 갈다 겨우 객방에 숨어든 것을 발견하고 명을 거두려고 했는데 도망치던 만고색마가 너무도 태연하게 앉아 있어서 당연히 동료일 것이라고 생각했던 것이 실수였다.

여인은 목을 매만지면서 머리를 들고 일어났다.

그때 광마혈성이 발로 지그시 여인의 머리를 밟았다.

"어딜!"

여인의 얼굴이 땅에 맞닿았다. 막 일어나려던 자세였기에 다리는 무릎을 꿇고, 엉덩이는 들린 채로 머리가 눌린 모습이 되었다.

"이게 무슨 짓입니까? 도대체 누구……,"

"닥쳐라."

광마혈성이 슬며시 힘을 더해 눌렀다.

"읍!"

여인은 뒷목에 밟힌 부분이 기묘하게도 사혈에 해당하는 맥문인지라 기겁했다. 자신의 몸이 통제력을 잃고 허공섭물에 의해 끌려갈 정도면 그 무위가 측량할 수 없는 것이었지만 또 지금 자세는 너무도 치욕스러워 견딜 수가 없었다.

"왜 고인께선 색마를 옹호하시는 겁니까?"

"두 번째다. 한마디만 더 꺼내면 그땐 그냥 세상 하직하는 거야."

여인은 아랫입술을 깨물었다. 더 말할 엄두가 나지 않았다.

광마혈성이 만고색마를 향해 물었다.

"너 색마냐?"

만고색마는 마혈이 찍혔을 뿐 말은 할 수 있는 상태였다.

하지만 무슨 말을 해야 이 난관을 극복할 수 있을지 몰라 입술만 뻐끔거렸다.

"붕어?"

광마혈성이 갸웃했다.

"사, 사람입니다만……."

만고색마가 겨우 대답했다.

"근데 왜 뻐끔거려?"

"……."

광마혈성이 눈을 부릅떴다.

"귓구멍이 막혔냐? 성대가 파열됐어?"

"새, 색마 맞습니다."

광마혈성이 그제야 고개를 끄덕였다.

"후후, 고놈 참 잘생겼네. 여자깨나 후리고 다녔겠구나."

광마혈성의 말대로 만고색마의 얼굴은 색마답게 꽤 미남이었다. 사십대 중반이었지만 삼십대 초반으로 보이는 얼굴이었다.

만고색마의 얼굴이 환해졌다.

크게 곤욕을 치를 것이라고 생각했다가 어쩐지 분위기가 화사해지는 듯하자 내심 흐뭇함을 금할 길이 없었다.

'흐흐, 이 양반이 색을 아는 분이었구나.'

진정 구사일생이 아닐 수 없었다. 입은 험하지만 원래 사파의 고수들은 거침이 없는지라 그것도 충분히 이해가 되었다.

그는 분위기에 맞춰 간사한 웃음을 지었다.

"그리 많지는 않습니다요. 그래도 이제껏 강제로 탐하지는 않았으니까요."

"오호, 그래? 춘약인 게냐?"

"가끔은 춘약도 사용하지만 기본적으로 현란한 말발과 외모로 해결했습죠."

"그런데 왜 네놈 별호가 만고색마가 된 게지?"

"워낙 그동안 탐한 여자들이 많다 보니……. 헤헤헤……."

광마혈성이 연신 고개를 끄덕였다.

"이거 아주 훌륭한 놈일세."

그때 발바닥에 깔려 있던 여인이 옅게 신음을 발했다.

"흐음……."

엎드려 있기 힘들어서가 아니었다. 어째 듣고 있자니 대화가 엉뚱한 방향으로 흐르고 있었다.

광마혈성이 발에 힘을 더욱 실었다.

"넌 뭐가 좋아서 콧소리야?"

여인이 와락 인상을 구겼다.

좋아서? 머리가 어질거렸다.

색마를 잡으러 왔다가 제대로 미친놈을 만난 셈이었다. 아무래도 정파의 고수는 아닌 것으로 보이자 여인은 색마를 놓치는 것은 물론이고, 이 늙고 무공이 고강한 노인네에게 도리어 치욕을 당하지 않을지 근심되기 시작했다.

엉덩이를 쳐들고 있는 것도 여간 난감한 것이 아닌데 이 또한 의도적인 것으로 보였다.

광마혈성이 말했다.

"색마 주제에 별호까지 얻었다면 대단한 거지. 이리 가까이 와봐라."

"저요?"

만고색마가 눈을 동그랗게 떴다.

영호선이 즉시 손을 놀려 만고색마의 혈도를 풀어주었다.

이미 영호선은 광마혈성과 함께 전음으로 몇마디를 나눈 상태였다.

만고색마가 조신하게 광마혈성의 옆에 시립했다.

광마혈성이 말했다.

"내 너를 강호에서 더욱 유명하게 해주마."

만고색마의 입이 귀까지 찢어졌다. 이것이 바로 마도 고수의 은총이자 기연인가 싶었다.

"가, 감사합니다."

"넌 하고자 하면 반드시 하는 놈이렷다?"

"물론입니다. 찍은 여자는 몇 날 며칠이 걸리더라도 반드시 자빠뜨리는 열정을 지니고 있습죠."

"좋다. 너는 앞으로 대협이라 불리게 될 것이다."

"네?"

만고색마가 느닷없는 '대협' 이라는 말에 무슨 말인가 싶어 반문할 때, 광마혈성의 손이 번개같이 가슴과 다리 쪽을 훑고 지나갔다.

순간 만고색마는 온몸에 청량함이 깃들고 활력이 샘솟는 듯하자 대협이라는 의문도 잊고, 바닥에 넙죽 엎드려 큰절을 올렸다. 임독양맥이 열리면 혹시 이런 느낌인가 싶을 지경이었다.

"이 은혜, 평생 잊지 않겠습니다."

"평생 잊지 말아야지. 잊을 수도 없겠지만."

영호선이 키킥거렸다.

만고색마는 영호선의 웃음이 조금 걸리긴 했지만 몸이 날아갈 것만 같은지라 개의치 않고 머리를 조아리기 바빴다.

광마혈성이 엄숙히 말했다.

"넌 이제 앞으로 설 수 없다. 열심히 정진하여라."

만고색마가 고개를 쳐들었다.

'설 수 없다?'

그는 혹시 모종의 수법에 의해 앉은뱅이가 되었나 싶어 벌떡 몸을 일으켰다.

'휴우……'

서는 데 아무 지장이 없었다. 청량한 기운도 여전했다.

"열심히 정진하겠습니다."

"그래야지. 너의 별호는 지금부터 불능대협이다."

"네?"

“서지 않는다. 앞으로 쭉…….”

만고색마가 ‘불능’과 ‘서지 않는다’를 머릿속으로 조합해 보며 불길한 예감에 몸을 떨었다.

“그, 그게 무슨 말씀이신지요.”

“넌 이미 부처인 게지. 음하하하……!”

“자, 자세한 말씀을 부탁드려도 되는지요.”

광마혈성이 소맷자락을 펄럭였다.

짜악!

만고색마의 뺨이 돌아갔다. 모가지가 꺾이지 않은 건 모가지를 돌리면 죽을 수도 있기에 광마혈성 나름의 배려였다.

“귀가 먹었냐. 저절로 알게 될 게야.”

만고색마가 몸을 부들부들 떨었다.

영호선이 떨고 있는 만고색마를 손짓으로 불렀다. 멍한 상태로 만고색마가 영호선에게 다가갔다.

영호선이 만고색마의 귀에 대고 소곤거렸다.

“고자.”

만고색마는 그 자리에서 허물어졌다. 그는 자빠진 채로 경련을 일으켰다. 살아가는 유일한 낙이 사라졌다. 미래는 온통 흑암이었다.

어둠이 깃든 공터에 격타음에 이어 한줄기 신음성이 터져 나왔다.

퍼펑!

"크윽……."

영호선의 장력이 객잔에서 머리가 짓눌렸던 여인을 가격해 여인은 땅바닥을 구르는 중이었다.

광마혈성이 영호선의 헝클어진 무공 상태를 파악하고자 다짜고짜 여인을 끌고 와서는 비무를 벌이라고 한 뒤의 결과물이었다.

"으윽……."

여인이 장력에 맞은 어깨를 움켜쥐며 신음을 내뱉었다.

지금 여인은 이 상황을 도무지 납득할 수가 없었다.

우연히 만나 추살하려고 했던 만고색마를 노고수가 불능 상태로 만들어 버린 것은 정녕 고마운 일이었지만, 머리를 짓밟히는 수모를 겪었고, 이젠 그 제자에게 얻어터지는 중이다.

게다가 젊은 제자의 무공은 형산파의 것인가 싶으면 마공임이 틀림없는 흉포한 공격이 불쑥 튀어나오고, 그러다 오묘하기 이를 데 없는 현공이 펼쳐지니 뭐가 뭔지 뒤죽박죽이 되어 판단을 내릴 수가 없는 지경이었다.

여인은 벌써 다섯 번이나 나뒹군 터라 정말이지 일어나고 싶지가 않았다.

그때 여인의 눈에 노고수가 제자를 향해 벼락같이 달려가는 것이 보였다.

흠칫!

여인은 기세가 험악하기 이를 데 없어 자기도 모르게 몸을 떨었다. 꼭 원수를 때려죽이려 달려드는 것처럼 보였다.

‘뭐, 뭐지?

노인이 무자비하게 손을 놀렸다.

“이 새끼야, 그냥 차라리 죽어라, 죽어.”

퍽, 퍼퍽… 퍽.

“으어억, 사부님… 살려… 커억…….”

부들부들…….

여인은 모골이 송연해졌다.

살벌한 광경이었다.

그냥 건성으로 때리는 시늉을 하는 것이 아니었다. 전력으로 패고 있었다. 여인은 목을 어깨 사이로 집어넣었다.

군사부일체라 했으니 사부는 부모와 같을지니, 부모가 자식을 때려죽이는 현장을 생생히 목격하고 있는 셈이었다.

이건 가르침이 아니라 살인이었다.

“삼원귀진을 이룬 놈이 뭐가 부족해서 손발을 뜻대로 움직이지 못한다는 거냐! 그냥 차라리 오늘 죽어라.”

“안 되는 걸… 커억… 어떡해요… 크허억…….”

“그래, 그러니까 죽으라고, 이 자식아.”

퍼퍼퍽… 퍽퍽…….

“으아악.”

여인이 눈을 부릅떴다. 끝내 제자가 단말마의 비명을 끝으로 뻗어버렸다. 축 처진 것이 죽어버린 것이 확실했다.

그럼에도 불구하고 노고수는 시체를 향해 연신 죽으라고 고함을 지르고 발길질을 멈추지 않고 있었다.

여인은 스스로를 돌아볼 때, 강호에서 제법 이름을 날린다고 생각했건만 그런 자신을 몇 차례나 일방적으로 패대기친 젊은이가 놀랍기만 할 뿐인데 그 사부라는 작자는 그것이 성에 안 찬다고 때려죽여 버린 것이다.

'말도 안 돼… 삼원귀진까지 이룬 제자를 저리 죽여놓다니…….'

물론 그녀로서도 삼원귀진을 이루었다면서 왜 손발을 뜻대로 움직이지 못한다는 것인지 이해하기 힘든 일이기도 했다.

"죽어라, 죽어~ 죽어라."

연신 시체를 향해 거친 발길질을 하는 노고수를 보며 여인은 두려움 속에서도 노고수의 정체가 궁금했다.

정도에는 일성, 삼선, 오군, 칠협으로 불리는 고수들이 있었지만 정도 최고수인 무림맹주 창천검성조차도 노고수에 미치지 못할 것 같았다.

그때 광마혈성이 발길을 거두고 여인을 돌아봤다.

부르르르…….

여인이 몸을 인정사정없이 떨었다.

스스로도 자신이 이렇게 몸을 떨 수 있다는 것에 놀랄 지경이었다.

"넌 왜 떨어? 오줌 쌌냐?"

평소라면 성희롱으로 들렸을 말도 지금은 그저 순수하게 '죽고 싶냐?'로 들렸다.

"……."

이내 광마혈성이 달빛을 받은 채로 골똘히 생각에 잠겼다.

'흠… 이해할 수 없구나. 역시 혈마환 때문이려나?'

상태가 어떤지 확인했으니 이제 원인을 찾아야 할 때였다.

광마혈성이 휘적휘적 걸음을 옮기며 말했다.

"가자."

"네?"

여인이 화들짝 놀라며 경기를 일으켰다.

"너 말고."

여인이 영문을 몰라 사방을 둘러볼 때였다.

부스스…….

"헉!"

시체가 일어나고 있었다.

시체는 옷에 묻은 흙까지 털고는,

"어휴, 사부님. 이러다 정말 죽겠어요."

라고 말까지 태연히 내뱉었다.

'뭐, 뭐야… 죽은 척한 거였냐!'

그래도 그렇지. 그렇게 얻어터지고도 버젓이 살아 있다는 것이 여인으로서는 기괴할 따름이었다.

그러나 정작 영호선은 지하 동부에서 이보다 더 가혹하게 처맞고 살았었다. 단지 그런 사정을 여인이 알 길이 없을 따름이었다.

여인이 어안이 벙벙해 있을 때, 영호선이 가까이 다가와 공손히 읍을 했다.

"오늘 실례가 많았습니다. 넓은 아량으로 이해해 주십시오."

"네? 네……."

의외로 공손한 말에 여인은 어쩌면 단지 이 두 사제지간이 그저 괴짜이기 때문은 아닌가 싶었다. 그러자 이대로 정체도 모른 채 떠나보낼 수는 없다는 생각이 들었다.

"저기……."

여인이 막 말을 꺼내려 할 때, 광마혈성이 고함을 내질렀다.

"둘이 사귈 참이냐?"

"사부님, 잠시만요. 말씀하시죠."

"저는 강호에서 미흡하지만 검공신녀라 불리는 소천예라고 합니다. 이번에 항마원에 신임 교관으로 부임받아 가는 중이었죠. 실례되는 질문이지만 혹시 노고수님의 존성대명을……. 어? 왜 그러시는지요?"

영호선의 눈은 경악으로 물들어 있었다.

“말도 안 돼.”

어느새 영호선 곁에 광마혈성이 섰다.

마치 처음부터 그 자리에 서 있었던 것처럼.

광마혈성이 한쪽 입꼬리를 올리고 히죽 웃었다.

그 웃음이 어찌나 스산하던지 여인 소천예의 낯빛이 창백하게 변했다.

광마혈성이 말했다.

“이제 어쩐다… 그냥 보내줄 수 없게 되었는걸.”

第十一章
사부의 선물
第十一章

潛魔
劍仙
잠마검선

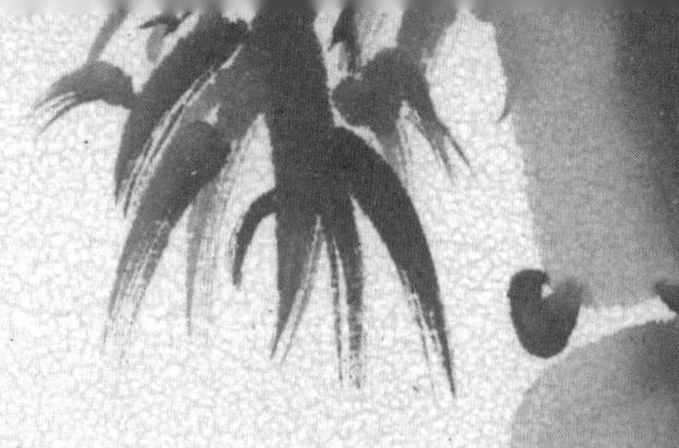

그녀는 붉은 옷이 제일 잘 어울렸다.

거기에 몸에 찰싹 달라붙는 경장!

탄력있는 몸매가 고스란히 드러난다.

점심 식사를 마친 영호선은 저만치 교관 제갈혜미와 신임 교관 소천예가 운몽각 쪽으로 걷고 있는 것을 물끄러미 지켜보고 있었다.

"괜찮겠지? 괜찮을 거야."

제갈혜미가 이쪽을 향해 손을 흔들며 웃었다.

영호선은 슬머시 미소를 짓고 공손히 허리를 숙였다.

신임 교관 소천예기 묻는 소리가 들렸다.

“누구죠?”

제갈혜미가 답했다.

“유명인사죠. 항마원의 살아 있는 부처님, 형산 제자 영호선이에요.”

“형산파가 불교에 귀의했나요?”

“호호, 그게 아니라 영호선의 공손함과 신비로운 미소 때문이에요. 형산에서는 군자검이라고 불렸다더군요.”

“아! 듣고 보니 미소가 신비롭네요.”

두 사람과 영호선의 거리는 십여 장. 큰 소리는 아니었지만 영호선은 낱낱이 들을 수 있었다.

영호선은 안도의 한숨을 내쉬었다.

“후, 다행이다. 정말 사부님 말씀처럼 감쪽같네.”

지난밤 그녀의 자기소개는 벼락이 내리꽂히는 기분이었다. 그리고 이어진 사부님의 중얼거림.

“이제 어쩐다… 그냥 보내줄 수 없게 되었는걸.”

죽여 없앤다는 건 줄 알고 경기를 일으켰으나 사부님은 신임 교관의 눈을 지그시 응시하며 입술을 달싹거렸다.

그때 사부님의 검은 눈동자는 사라졌었다. 흰자위가 눈동자를 집어삼킨 것만 같았다.

이후 신임 교관이 맥없이 허물어졌고, 용와객잔의 빈 객실에 눕혀두었다. 사부는 점소이까지 손을 써두었다.

사부님의 설명은 어려웠지만 핵심은 이날 벌어진 일을 전혀 기억하지 못할 것이라는 것이었다.

우화등선도 거부하고 멈춰 세운 사부이므로 믿어야 했지만 마음 한구석은 불안했거늘 정녕 감쪽같이 그녀는 그때의 일을 기억하지 못하고 있었다.

그래도 영호선은 마음이 편치 않았다.

자신이 수많은 암초 사이를 통과해야 하는 배가 된 것 같았다. 신임 교관이라는 암초는 넘었지만 여전히 혹은 붙어 있었다.

"사부……."

늦은 밤, 가장 평안한 시간.

그리고 가장 편안한 장소.

항마원의 지하 동부에서 광마혈성과 영호선이 마주 보고 앉았다.

정확히는 광마혈성의 오른손이 영호선의 명치 부근에 놓여 있었다. 미미하게 옅은 백광이 광마혈성의 손바닥 주위에 형광 물질처럼 빛을 냈다. 어느 때보다 광마혈성은 진중했다.

잠시 후 손을 뗀 광마혈성이 고개를 끄덕였다.

"네 혼란의 원인은 역시 혈마환이구나."

"삼원귀진으로 소멸된 게 아니고요?"

"소멸됐다, 경맥이나 혈액에서는. 한데 골수에 틀어박혀 마치 사라진 척하고 있다니. 웃기는 녀석이구나."

광마혈성은 혈마환이 기가 막힌지 사람인 양 말했다.

"휴우, 그래도 사부님이 계셔서 다행이에요."

"틀렸다."

"네?"

"골수에 숨은 혈마환을 지금 당장 제거할 순 없다. 그건 마치 내 힘으로 네가 마운천봉공을 십이성의 성취로 이끌 수 없는 것과 같다고 할 수 있지. 모든 것이 네 손에 달려 있다."

"하아……."

영호선은 맥이 풀려 어깨를 축 늘어뜨렸다.

혈마환이 아직까지 영향을 미치고 있었다니. 정말 지긋지긋했다. 사부님의 말씀이 무슨 뜻인지 이해할 수 있었다. 혈마환은 마음의 뿌리까지 영향을 미치는 것이다.

당연히 체내에 남아 있다면 어떤 식으로든 혼란을 조장할 게 분명했다. 마음의 분별은 되찾았지만 이제 무공에 섭동을 일으키고 있는 것이다.

"네가 마운천봉공이 팔성에 머무르고 있는 것도 혈마환의 영향일 것 같구나. 어쩌면 시간이 꽤 걸릴지도 모르겠다."

"네……."

영호선이 힘없이 대답했다.

그 모습을 광마혈성이 물끄러미 바라봤다.

“가자.”

“네?”

영호선의 눈이 커졌다. 이렇듯 진지한 목소리는 처음이었다.

“항마원에 있어야 할 이유가 없다.”

“…….”

영호선은 아무 말도 할 수가 없었다. 사부님의 말씀이 옳다. 홀가분하게 한 마리의 새처럼 훨훨 날아다니는 것이다. 하지만 이대로 항마원을 떠난다면 그것은 항마원만을 떠나는 것이 아니라 형산과의 이별을 의미했다.

광마혈성이 말했다.

“마(魔)는 무엇이고, 정(正)은 무엇이냐?”

영호선은 침음성을 흘렸다.

얼마 전 스스로에게 묻고 고민하던 해답을 알 수 없는 물음이었다.

“제자는… 모르겠습니다.”

“네 말이 맞다. 안다고 하는 자는 모르는 자이고, 모르는 자가 알고 있는 것이다. 사람의 마음에 이미 마(魔)와 정(正)이 함께하거늘 무엇으로 그것을 둘로 나눌 수 있겠느냐. 너는 잠마원의 시간을 후회하느냐?”

“후회하지만 후회하지 않습니다.”

원해서 잠마원에 몸을 담지 않았기에 후회스리웠지만 그

곳에서 보낸 시간들은 후회할 것이 없었다. 어떤 의미에서는 소중한 것이기도 했다. 영호선은 불쑥 마음이 복받쳐 올라 눈물을 흘렸다.

그 모습을 광마혈성은 묵묵히 지켜봤다.

영호선은 눈물을 멈출 수가 없었다. 설명할 수 없는 감정이 가슴에서부터 눈물을 끌어 올리고 있었다.

광마혈성이 손을 뻗어 영호선의 머리를 쓰다듬었다.

"아직 너는… 경계에 선 자로구나. 남거라. 진정한 자유는 혼란을 통해 태어난다. 지금의 혼란이 널 더 강하게 할 것이다."

광마혈성이 자리에서 일어나 두 팔을 치켜들고 기지개를 켰다.

"으랏차! 못난 놈이 울기까지 하니 정이 뚝 떨어지네."

영호선이 울다 웃었다.

"이 새끼야, 똥구녕에 털 난다. 이 사부는 먹어달라고 아우성인 용암어에게 가봐야겠다. 잘 먹고 잘살아라, 이 망할 놈아."

영호선이 큰절을 올렸다.

"사부님, 감사합니다. 제자, 반드시 찾아뵙겠습니다."

"경계를 넘거든 언제든 오거라. 혼란을 두려워할 필요는 없다. 그건 위기가 아니라 기회거든. 기다리고 있으마."

"네."

"오늘은 일찍 쉬어라."

광마혈성이 손가락을 튕겼다.

영호선은 무릎 꿇은 채로 그대로 허물어졌다.

광마혈성은 영호선을 처소의 침상에 눕혔다.

"에휴, 이 불쌍한 새끼……."

세 명의 제자 중 막내 놈이 제일 불쌍했다. 그리고 가장 정이 가는 녀석이었다.

내리사랑이라고 했던가. 우화등선의 끝자락에서 회귀한 광마혈성은 영호선이 늘그막에 얻은 자식 같았다.

이놈이 특별한 것은 천하제일을 다투던 아우 검절의 제자이기도 하기 때문인지도 모른다.

"잘 지내거라."

그 말과 함께 광마혈성은 영호선의 얼굴에 손가락으로 글을 적어나갔다.

"흐흐, 이 사부가 항마원까지 왔는데 그냥 갈 수는 없고 기념으로 선물 하나 정도는 줘야겠지. 혼란을 가속시켜 주마."

*　　　*　　　*

텅그렁!

눈앞에 삽자루가 떨어졌다.

　소림의 광료, 무당의 서중휘, 아미의 청연, 송림문의 막겸은 분노와 당혹이 뒤섞인 눈으로 삽을 쳐다봤다.

　날벼락도 이런 날벼락이 없었다. 아침인가 싶어 눈을 떠보니 아직 한밤이었다. 그리고 익숙한 침상 대신 땅바닥이었다.

　"파라."

　삽을 던진 인간, 잘 자던 자신들을 야산으로 끌고 온 것이 분명한 괴인이 말했다.

　네 사람은 삽을 보고 괴인을 쳐다봤다.

　꿀꺽!

　절로 마른침이 넘어갔다. 아까부터 보고 있었지만 도저히 적응이 되지 않는다.

　괴인은 얼굴이 없었다. 아니, 정확히는 얼굴이 너무나 많았다. 찰나의 간격 속에서 얼굴들이 수시로 변하고 있었다. 역용의 의미를 뛰어넘는, 이제껏 단 한 번도 보거나 듣지 못한 광경이었다.

　광료를 비롯한 네 사람은 왜 자신들이 땅을 파야 하는지 이해할 수가 없었다. 왜 자신들 네 사람인가? 하지만 땅을 파야만 할 것 같다는 것은 알 수 있었다. 괴인이 이곳에 옮겨놓고 깨웠다. 만약 깨우지 않고 조용히 목을 따버렸다면 눈을 떴을 때는 이미 저승이었을 것이리라.

　"파!"

괴인이 다시 짧게 말했다.

광료가 용기를 냈다. 운신이 가능한 상태이다. 상대는 고작 한 명.

"아미타불, 시주께선 지금 무슨 짓을 하고 계신 것이오?"

"대머리!"

"응?"

광료는 스님이란 호칭 대신 승이라고 불린 적은 있었어도 이제껏 대머리란 말을 듣는 건 처음이었다.

"아미타불, 시주께서 망령이 나신 모양이구려. 난 대머리가 아니라 승려라오. 원래는 머리숱이 많지요."

"알았으니까 얼른 파거라, 대머리야."

광료는 참을성이 많지 않았다. 이렇게 욕을 섞지 않고 말을 건넨 것도 꽤 참아준 셈이었다.

"아미타불, 시주께서 정녕 죽고 싶어 환장이 나신 게로군요. 그럼 죽여 드려야지요."

광료가 신형을 날렸다. 소림 복마권의 절초가 쏟아졌다.

강렬한 기운이 움켜쥔 두 주먹에 맺혀 괴인을 향해 폭사해 들어갔다. 상대가 상대인만큼 일거에 끝내겠다는 결의였다.

그때 괴인이 오른발을 살짝 튕겼다.

촤아악.

흙더미가 흩어지며 몸을 날린 광료의 얼굴에 덮쳤디.

"으아악… 나무관세음……. 아, 씨발시주님… 내 눈… 내 눈……!"

광료는 신형을 뺀지 못하고 눈을 움켜잡고 자리를 빙빙 돌면서 연신 고함을 내질렀다.

"아미타불… 이 망할 새끼님아! 비겁하게 흙을 뿌리시다니…… 용서하지 않겠습니다!"

욕하는 와중에도 소림 제자 아니랄까 봐 꿋꿋이 불호를 외치고 존대인지 반말인지를 지껄이는 광료였다.

서중휘와 막겸, 청연은 정체불명의 괴인이 설마 이런 치졸한 수법을 쓰리라고는 상상도 못한 일이었다. 눈에 석회나 흙을 뿌리는 건 시정잡배나 하는 짓이었다.

서중휘가 발광하는 광료를 붙들어 진정시켰다.

광료는 눈을 털어내고 사물을 볼 수 있게 되자 곧바로 광분했다.

"아미타불, 시주! 오늘이 너의 제삿날이십니다."

"허허, 이 미친놈 보게."

괴인이 허탈한 웃음소리를 냈다.

괴인은 몸을 틀어 아까처럼 오른발로 땅을 쳐 흙을 날렸다. 흙이 날아간 방향은 괴인이 몸을 틀었기에 무리의 측면 숲이었다.

쏴아악~

뿌옇게 일어난 흙가루가 기괴한 음향을 내며 숲으로 날아갔다.

쿵, 쿵, 쿵…….

스무 그루 정도의 나무가 흔적도 없이 사라졌다.

광료가 눈을 부릅떴다.

“아미타…… 으으으…….”

광료는 불호를 다 외울 수조차 없었다.

서중휘와 청연, 막겸도 입을 썩 벌렸다.

“쑤, 쑥대밭…….”

그 말대로 흙이 날아간 숲은 쑥대밭으로 변했다.

직격당한 스무 그루 정도의 나무는 원래 나무가 없었던 것마냥 사라져 버렸고, 그 주변의 거의 백 그루가 넘는 나무들도 구멍이 송송 뚫려 그중 몇 그루가 하중을 견디지 못하고 쿵쿵거리며 무너져 내리고 있었다.

괴인이 하고자 하는 말은 명백했다.

―치졸한 수법을 펼친 것을 고맙게 생각해라.

광료는 아직 털어내지 못한 흙가루를 만지다 부르르 떨었다.

‘아미타불, 뒈질 뻔했구나.’

서중휘와 청연, 막겸을 보니 완전히 얼이 나가 있었다.

광료가 소리쳐 일깨웠다.

"아미타불! 시주님들, 정신줄 놓고 뭣들 하는 게요? 어서
팝시다."

그리곤 솔선수범 삽자루를 들고 맹렬히 파기 시작했다.

서중휘 등도 질세라 미친 듯이 삽을 놀렸다.

척척척척…….

괴인이 떡하니 팔짱을 끼고 말했다.

"잘 파네."

괴인의 격려에 네 사람의 손에 가속이 붙었다. 가히 엄청난
삽질이었다.

광료가 눈에 보이지 않을 정도로 흙을 퍼내면서 말했다.

"아미타불, 시주님! 제가 원래 땅 파는 것을 겁나게 좋아한
답니다."

모두 흠칫하며 광료를 바라봤다.

부처님 앞에 가서도 쌍욕을 뱉어낼 것 같던 광료가 불호와
함께 욕을 내뱉지 않았다. 항마원에서 함께한 지 오래였지만
처음 듣는 신선하고도 낯선 광경이었다. 게다가 저 해맑게 웃
는 웃음이라니.

광료가 눈에 힘을 주고 노려봤다.

"아미타불, 시주님들 목을 비틀어 버리기 전에 땅이나 파
시지요. 뇌가 썩어갑니까? 우리가 해야 하는 일이 뭔지 잊어
버리신 겁니까?"

서중휘는 피식 웃었고, 청연과 막겸도 '그럼 그렇지' 하는

표정으로 땅을 파는 데 집중했다.

살아보겠다는 일념이 빚어낸 결과는 놀라웠다. 거의 눈 깜짝할 시간에 네 사람은 키 높이만큼 파낸 것이다.

괴인이 나직이 말했다.

"그만."

광료가 흐르지도 않는 땀을 닦아내며 파놓은 구덩이를 흐뭇하게 바라봤다.

서중휘와 청연, 그리고 막겸은 괴인의 칭찬 한마디라도 더 듣겠다는 듯 눈을 초롱초롱 빛냈다.

괴인이 말했다.

"자, 이제 들어가야지."

네 사람이 사색이 되어 울부짖었다.

"아미타… 살려주세요."

"생매장이라뇨. 흑흑흑……."

"이렇게 죽을 순 없어요."

"목숨만 살려주십시오."

어둠을 걷어내며 힘차게 세상을 밝히는 아침 햇살은 눈부셨다.

광료가 햇살을 온 얼굴로 받으며 흐뭇하게 미소를 머금었다. 몸뚱이는 햇살을 받고 싶어도 받을 수가 없었다.

"아미타불… 햇살이 좋구려."

“무량수불……”

무당의 서중휘도 뒤따라 도호를 나직이 외었다.

“살아 있다는 것은 좋은 거네.”

청연이었다.

“흑흑흑, 햇살을 다시 보다니……. 너무 기뻐.”

막겸이었다.

네 사람은 머리만 남겨두고 목까지 땅에 묻혀 있었다. 그
러나 살아남았다는 사실 한 가지만으로도 가슴이 벅차올랐
다.

땅속에 들어가라고 할 때만 해도 죽었다 싶어 목이 터져라
살려달라고 애원했었다. 몸뚱어리가 차디찬 흙에 묻히긴 했
어도, 마혈이 찍혀 이대로 묻혀 있어야만 했지만 그저 살아
있다는 것에 감사했다.

서중휘가 말했다.

“그 괴인은 누굴까?”

“아미타불, 마귀새끼는 아닌 것 같습디다.”

광료의 말에 청연도 동의했다.

“아마도 정파의 은거 기인이시겠지요.”

“역시 강하네. 이것이 보이지 않게 지켜보는 눈, 드러난 것
보다 드러나지 않은 힘의 고강함인 걸까? 그런데 왜 우리 네
사람이지?”

막겸의 의문에 모두 입을 다물었다.

온갖 생각을 다 해봐도 네 사람만의 공통분모를 찾을 수가 없었다.

잠시 후, 서중휘가 말했다.

"어쩌면 우리에게 특별한 가능성이 있기 때문이 아닐까?"

"아미타불, 시주님 머리가 돌아버린 게요. 특별한데 왜 묻어버린단 말이오?"

"방심하거나 나태하지 말라는 경고겠지. 노력이 없는 재능은 묻힐 테니까. 바로 지금 우리의 모습처럼."

"아미타불, 인정하긴 기분 더럽지만 어쩐지 그럴듯하구려."

그 말을 끝으로 네 사람은 침묵을 지켰다.

햇살이 따사로운 것을 넘어 뜨거워지고 있었다.

모두는 햇살에 눈을 찡그리며 생각했다.

'우리 언제 나가지?'

*   *   *

이른 아침, 영호선은 눈을 뜨고 어리둥절하니 주위를 둘러봤다.

'어떻게 된 거지?'

분명히 시부님께 작별 인사를 고한 것은 지하 동부였는데 지금은 침상 위였다.

‘잠들었나? 아, 사부님은 떠나셨겠지…….’

항마원에서 함께 있을 때는 부담스러웠는데 막상 사부님이 떠나셨다고 생각하자 허전함이 밀려들었다.

‘쳇, 미친 사부 주제에…….’

빙긋 웃고 영호선은 침상에서 내려섰다.

그때였다.

“어?”

순간 머리가 핑 도는 느낌과 함께 눈앞에 글자가 두둥실 떠올랐다.

그건 마치 아지랑이처럼 피어났지만 곧 하나하나 글자가 되었다.

선물로 지하 벽에 새겨진 네 놈을 묻어두었다. 삶아먹든 볶아먹든 알아서 해라. 고맙다는 말은 이미 들은 것으로 하마. 흐흐흐…….

‘묻, 묻어?’

영호선은 몸을 부들부들 떨었다.

그렇지 않아도 머리 복잡해 미칠 지경인데 사부라는 작자가 도와주지는 못할망정 이 무슨 짓이란 말인가. 잠마원에서는 곱게 도망치는 중에 괴성을 질러 작별 인사를 하질 않나,

항마원에서는 사람을 생으로 묻었다니.

"도대체 이게 어딜 봐서 선물이야!"

고함을 내지르는데 방문이 벌컥 열렸다.

양빈이었다.

"영호선! 빨리 나와. 소집이야. 광료와 서중휘, 청연, 막겸이 실종됐어. 빨리, 빨리."

쿵!

양빈이 문을 닫고 달려갔다.

영호선은 아랫입술을 깨물었다.

이런 망할…….

영호선이 고함을 내질렀다.

"으아아아악!"

대대적인 수색 작업으로 무리가 발견된 것은 오전 교육이 이루어지기 직전이었다.

동원 인원은 막대했지만 대대적이라는 말이 민망할 정도로 네 기재는 항마원 경계 너머 야산에 머리만 내놓은 채 묻혀 있는 것이 발견되었다.

항마원주와 교관들이 주위를 샅샅이 뒤졌지만 괴인의 행적이나 추적의 실마리는 그 무엇도 찾을 수 없었다. 매장된 네 기재들도 알고 있는 것이 없었다. 도리어 이유를 묻는 항마원주에게 괴인에 대한 찬사를 늘어놓아 항마원주는 입을 쓰게 다서야 했다.

　결과적으로 은거 기인의 소행으로 일단락되었다.

　대재앙 이후 항마원의 기재가 한밤에 납치되어 매장된 일은 또 하나의 항마원의 오점으로 남았다.

第十二章
항마출정

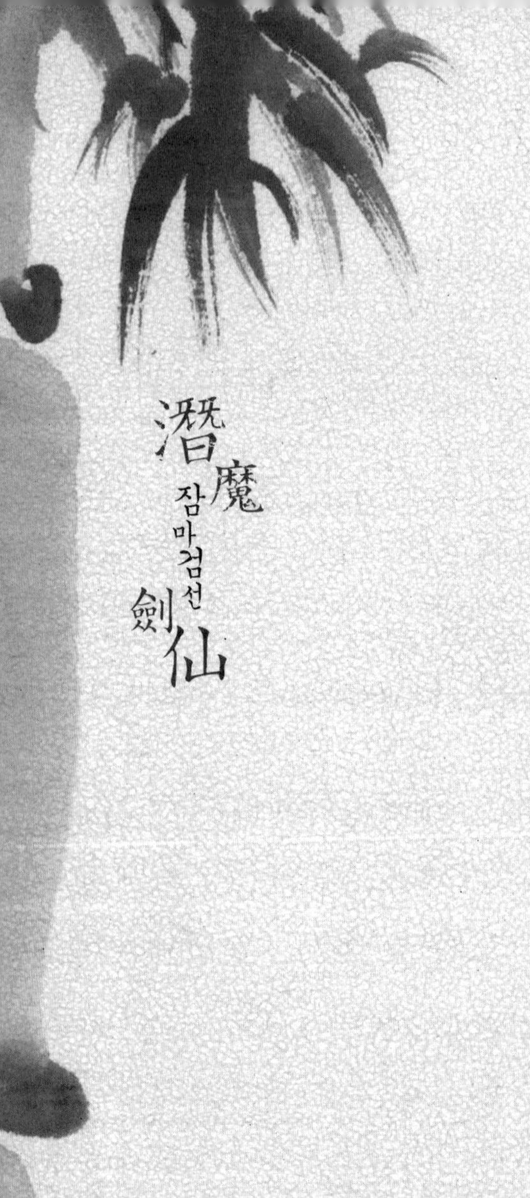

潛魔
잠마검선
劍仙

그로부터 한 달 뒤.

항마원 기재들은 대연무장에 도열했다.

단상에 항마원주가 올랐다.

"어느덧 여러분들이 항마원에 입부한 지도 일 년 반이 되었습니다. 정도를 대표하는 각 문파에서 선별된 여러분은 정파와 강호의 미래입니다."

공식 석상이었기에 항마원주의 어조는 정중했다.

항마원의 뭇 기재들의 눈은 형형히 빛났다.

"오늘은 항마출정의 날! 여러분들이 강호로 나가 의협을 실천하는 날입니다. 우리가 힘을 가지고자 함은 무엇 때문입니까? 그것은 곧 의(義)와 협(俠)을 행하고자 함입니다. 누구나 겸손을 배우나 겸손을 실천하기란 쉽지 않고, 협행을 하라하나 협은 수고로움이요, 의란 사심을 떨쳐 내고 스스로를 지킴입니다. 지금의 정도의 기치를 높인 것은 바로 그러한 의협 속에서 수많은 희생이 있었기 때문입니다. 그리고 여러분들은 당당히 그 뒤를 잇고자 이곳에 있는 것입니다. 불의와 사악함에 맞서는 것은 결코 쉬운 일이 아닙니다. 하지만 나는 여러분을 믿습니다. 사람은 어떻게 살아가느냐도 중요하지만 종국에는 한 줌의 흙이 되고 말기에 어떠한 죽음을 맞이하느냐도 중요합니다. 우리 중에는 이 길이 삶의 마지막이 되는 이도 있을지 모릅니다. 그러나 그것이 헛되지 않을 것은 앞서 간 여러분들의 선배들이 증명하고 있습니다. 바로 여러분들이 여기 서 있을 수 있었던 것은 그들의 희생이 있었기 때문입니다. 어디로 향하든 정도의 일원임을, 항마원의 자랑임을 마음에 새기길 바랍니다. 정도의 긍지로 괴력난신을 타파하고 성숙한 모습으로 귀환하길 바랍니다."

"의기충천! 항마협행! 정도천하!"

기재들의 외침이 항마원에 가득 울려 퍼졌다.

항마출정은 열두 개의 단으로 구성되었고, 항마십이단이라 칭했다.

거대문파와 중소문파가 적절히 안배되었고, 각 단에는 한 명의 교관이 지휘를 맡았다.

　영호선은 그중 항마칠단에 속하게 되었다.

*　　　*　　　*

　정오의 햇살은 맹렬히 대지를 강타하고 있었다.

　항마원을 떠난 지노 어느덧 닷새!

　햇살 아래 항마칠단의 지휘를 맡은 단주 제갈혜미와 그 휘하 부단주 소림의 광료, 그리고 화산의 황빙빙, 설산의 담석청, 창룡문의 옥일평, 송림문의 막겸, 오유문의 금이혁, 소요파의 왕효는 하나같이 멍한 표정이 되고 말았다.

　그들은 영호선을 보고 있었다.

　"아미타불, 망할 영호 시주님 해도 해도 너무하는구려."

　광료의 음성엔 허탈함이 가득했다.

　그 뒤를 이어 단원들도 한마디씩을 보탰다.

　"영호선, 강호에서는 부처님 미소가 통하지 않아."

　"젠장, 분명 돌아갈 때는 항마칠단에 결원이 생길 거야."

　"그냥 두고 갈까?"

　"농담인 건 알지만 진지하게 고민되는걸."

　모두의 원성에 영호선이 대답했다.

　"저는 괜찮습니다. 이분이 저를 사랑하셔서 안아주고 계신 것뿐이니까요."

항마칠단은 누구 할 것 없이 얼굴을 와락 구겼다.

도대체 머리가 어떤 구조를 갖추면 산적 잔당이 뒤에서 목을 휘감고, 경동맥에 비수를 겨누는 것을 보고 안아주고 있다고 생각할 수 있는지 이해할 수가 없었다.

사건은 일다경 전에 시작되었다.

웅곡산을 관통하는 중에 산적의 기습이 있었고, 항마칠단은 왜 이제야 나타났냐 듯 패대기쳤다. 그렇게 상황은 간단히 정리되는가 싶었다. 그런데 어처구니없게도 뒤편에서 물끄러미 바라만 보고 있던 활불이 산적 잔당에게 붙들려 인질이 되고 만 것이다.

그러나 정작 당황을 금치 못한 건 산적이었다.

순식간에 성적 취향을 의심받고 말았다.

산적은 분노하여 구레나룻을 부르르 떨며 말했다.

"네놈은 내 칼이 안 보인단 말이냐!"

"보입니다. 왜곡된 사랑은 이처럼 칼이 등장하기도 하지요."

"이… 이 망할……."

산적과 영호선의 말을 들으며 단주 제갈혜미가 고개를 살래살래 저으며 말했다.

"모두 출발한다. 금이혁, 처리하렴."

"네."

오유문의 금이혁의 손이 품에 들어갔다가 나왔다.

그 순간 한줄기 빛살이 산적을 향해 날아갔다.

산적 사건은 항마칠단의 불안 요소가 무엇인지 극명하게 드러냈다고 할 수 있었다. 그 이후 영호선은 짐덩어리 취급을 받았다.

소림의 광료는 쉴새없이 불호를 외치며 쌍욕을 해댔고, 다른 이들도 욕만 하지 않을 뿐 불만이 가득했다. 이번 항마출정의 목적이 보운장을 도와 철장방을 막아내는 것이 아니라 활불의 호위역이 되었다고 푸념을 늘어놓기도 했다.

이는 영호선이 진정 바라는 바였다.

사실 산적이 고마울 지경이었다. 이젠 누구도 기대 따위는 하지 않을 것이고, 없는 사람 취급할 테니 그야말로 있는 듯 없는 듯 지내면 그만이었다.

그나마 항마칠단에서 호의를 지닌 건 제갈혜미와 설산의 담석청이었다.

단주의 명에 의해 일식경의 휴식을 갖는 지금도 영호선 곁에는 담석청이 있었다.

"자, 여기."

담석청이 영호선에게 물통을 건넸다.

영호선이 정중히 사양했다.

"고맙습니다. 제게 물이 아직 남아 있으니 아껴두시죠."

"이 물은 좀 딜라. 마셔봐."

영호선이 물통을 받아 들었다.

"오, 차갑군요."

"그렇다니까. 한빙장이 무더운 날씨엔 제격이거든."

"역시 설산파로군요."

"그러니까 잘 알아서 모시란 말이지."

담석청이 과장된 몸짓으로 으스댔다.

영호선이 빙그레 웃음을 지었다. 영호선은 평소대로의 지어낸 웃음이 아닌 진심으로 웃고 있었다.

담석청과 가까워진 것은 항마출정이 시작되면서부터이지만 이 녀석은 사람을 유쾌하게 하는 재주가 있었다. 말투나 억양이 그러했고, 표정 또한 다양했다. 며칠 되지 않았음에도 마치 오랫동안 함께한 친구 같은 느낌이 들었다.

물을 마셔보니 시원하기 이를 데 없었다.

담석청이 어깨를 툭 쳤다.

"어때? 끝내주지? 험험, 이번 목적지인 보운장에 가서도 내 옆에 바싹 붙어 있도록 해. 이 담 형님께서 지켜줄 테니까."

"말씀만으로도 감사드립니다. 되도록 폐 끼치지 않도록 하겠습니다."

"하하, 이거 너무 공손하잖아. 그런데 사실 폐 끼치거나 그럴 일은 없을 것 같아. 보운장과 문제를 일으킨 철장방이 단단히 마음을 먹긴 한 모양인데, 보운장 장주의 무공이 고강한데다 그 수하들 중엔 비천삼협이 있다고 들었거든. 내가 볼

땐 철장방이 보운장이 운영하는 표국의 표물 건으로 시비를
건 것은 크게 실수한 거야."

"비천삼협은 어떤 분들이신지요?"

"활불은 전혀 모르나 보구나. 하북구살을 낙양 대로에서
도륙한 게 비천삼협이니까. 대단하달까. 정확히는 비천삼협
전부가 아니라, 아마도 그중 셋째가 혼자 구살을 모조리 저세
상으로 보내 버린 거라지. 하북구살은 하북 일대에서 온갖 악
행을 일삼는 놈들인데 무공이 녹록치 않을 뿐 아니라 신법이
절륜해 일 년 전만 해도 하북의 공포로 불리던 자들이었거든.
아홉 명이 각기 특색있는 무기를 사용해 절정고수라 하더라
도 그들이 합공한다면 막아내기 힘들었다고 하더라구. 그런
하북구살을 비천삼협 중 한 명이 제거했을 정도니 이번 항마
출정에서 우린 까딱 잘못하면 구경꾼이 되고 말 거야."

"정말 대단한 분들이로군요."

"쳇, 덕분에 맥이 빠지는걸."

담석청은 각지 낀 두 손을 머리 뒤로 돌려 벌렁 누웠다.

"아, 철장방 놈들 옆에 잠마원 녀석들이 있다면 재밌을 텐
데."

순간 영호선은 흠칫 몸을 떨었다.

'자, 잠마원? 이건 또 뭔 개소리야.'

항마출정이 발표되고도 잠마원은 전혀 고려한 적이 없었
는데 느닷없이 담석청의 입에서 잠마원이 튀어나오자 영호선

은 놀라움을 금치 못했다.

"잠마원이라면 마도 기재들의 교육 기관을 말씀하시는 것인지요?"

"응, 맞아. 잠마원에서도 외부 활동이 있어서 운이 좋으면 마주치기도 하거든. 우리 사형이 직접 경험하기도 했고. 어라? 영호선, 괜찮아?"

영호선이 정신을 가까스로 수습하고 답했다.

"죄송합니다. 잠시 다른 생각을 하느라 말씀을 소홀히 들었습니다."

"하하, 내가 볼 땐 놀란 것 같은걸. 하긴 마도 놈들이 돌면 무섭지. 활불은 상상도 못하겠지만 흡혈을 해야만 목숨을 연명하는 놈들도 있다고 하고, 어떤 놈들은 죽은 시체의 피만 전문적으로 빨아 마공을 연성한다더라구. 그게 인간으로서 할 짓이야? 그냥 미친놈들이지. 안 그래?"

"그, 그렇습니다."

"아, 이거 활불 앞에서 피를 쪽쪽 빠는 이야기라니. 미안, 미안."

그때 단주 제갈혜미의 목소리가 들렸다.

"자, 이제 출발한다."

영호선은 발이 천근만근 무거웠다.

'부탁한다. 제발 근처에 나타나지 마라, 이 망할 놈들아.'

*   *   *

정주 서쪽에 자리 잡은 보운장은 표국과 함께 여섯 개의 대형 객잔을 보유하고, 거기에 학관과 무관까지 경영하고 있었다.

대대로 정도를 걸으며 무림맹에도 물심양면으로 후원을 아끼지 않고 있었디. 그와 함께 동쪽에 근거를 둔 철장방은 보운장과 함께 정주의 네 개의 거대 세력 중 하나로 근간에 세력을 넓히고자 심심찮게 보운장과 충돌하고 있었다.

항마칠단이 보운장에 이른 것은 항마원을 출발한 때로부터 열흘째가 되어서였다.

항마칠단은 처음 보운장을 보면서 전각의 거대함에 놀라움을 감추지 못했다. 그러나 정작 보운장 무사의 안내로 내부로 들어가자 뜻밖의 상황과 마주했다.

보운장은 한바탕 전쟁이라도 치른 듯 곳곳이 파손되어 있었고, 눈에 띄는 무사들의 얼굴도 그다지 밝아 보이지 않았다.

"저희가 한발 늦고 말았군요."

탁자 위에 놓인 찻잔을 들어 입을 적시며 제갈혜미가 말했다. 그녀의 맞은편에는 보운장의 총관이 자리하고 있었다.

총관이 말했다.

"철장방이 한발 빨랐던 게지요. 저희도 그들이 기습을 감행하리라고는 생각지 못했으니까요."

총관이 들려준 이야기는 항마칠단의 존재가 더 이상 의미가 없는 것이었다.

사흘 전 야심한 밤을 틈타 철장방이 기습적으로 공격을 감행해 왔고, 그것을 시작으로 가세를 총동원한 보운장의 반격에 의해 철장방을 무력화시켰다는 설명이었다.

그로 인해 보운장주는 오른쪽 어깨에 치명상을 입어 완쾌되기까지 당분간은 검을 들 수 없게 되었고, 비천삼협 또한 한 달 정도는 요양을 해야 하는 지경에 빠졌다는 것이었다. 철장방으로부터 막대한 보상금을 받을 수는 있게 되었지만 보운장 또한 타격이 적지 않은 셈이었다.

총관이 말을 이었다.

"철장방에서 무리한 도발을 했을 때 믿는 구석이 있었을 것임을 예상했어야 했는데 그만 간과했던 것이 화를 불렀지요. 설마하니 주 활동 무대가 하남인 낭왕 도천백이 웅크리고 있을 줄이야. 정보가 부족한 결과였지요."

"낭왕 도천백을 상대하고도 이 정도로 그친 것은 그만큼 보운장이 굳건함을 의미하겠죠. 이후로는 그 누구도 보운장을 함부로 대할 수는 없을 겁니다."

낭왕 도천백은 절정에 달한 암기술로 낭왕의 칭호를 받은 자였다. 총 서른 자루의 비도를 사용하는데 주로 하남 일대에서 세력 간의 다툼이 있을 때 매번 고용한 방파를 승리로 이끌어 낭왕이라는 칭호를 받은 터였다.

그렇기에 제갈혜미는 비록 보운장주와 비천삼협이 부상을 입었다곤 해도 낭왕을 없앤 것에 절로 경탄을 금치 못했다. 하지만 또 한편으로는 전혀 도움이 되지 못한데다 이제 더 이상 항마칠단이 할 일이 없다는 사실에는 허탈하기까지 했다.

총관이 말했다.

"이왕 오셨으니 편히 머물다 가십시오. 철장방은 한동안은 기세를 회복하기 힘들 테니 특별히 곤란한 일은 없을 것입니다."

"곤란한 일이 없기에 제가 곤란해지고 말았습니다."

제갈혜미가 진심으로 미안한 기색이었기에 총관은 너털웃음을 짓고 말았다.

"허허, 힘든 일이 지나 다행이라 생각하셔도 될 텐데 지나치게 송구한 표정을 보니 도움을 받은 것보다 더욱 기쁘군요. 장주께서도 분명 그리 생각하실 겁니다."

"정작 할 일이 많으실 테니 오래 머무는 것도 폐가 되리라 생각합니다. 오늘은 보운장에서 머물고 내일 바로 돌아가도록 하겠습니다."

원래 이러한 문파나 방파 간의 격돌은 사후 처리가 중요하다는 것을 알고 있었기에 제갈혜미는 망설이지 않고 말을 꺼냈고, 총관 또한 몇 번 만류하는 말을 했지만 못 이기는 척 고개를 끄덕였다.

제갈혜미가 인사를 건네고 항마칠단이 머무는 곳으로 걸음을 옮겼다.

뒤쪽에서 총관이 그녀를 뒷모습을 한참이나 바라봤다.

진중한 표정이 서서히 변했다. 이윽고 명백한 비웃음이 그의 얼굴 가득 떠올랐다.

第十三章
의문의 서신

潛魔
劍仙
잠마검선

창가로 달빛이 교교히 비추었다.

한자리에 모인 항마칠단은 비록 다과를 먹고 있긴 했어도 맛을 느끼지 못하겠다는 듯 연신 투덜대고 있었다.

"아미타불, 이 모든 것이 영호 시주 때문이오. 영호 시주의 경공이 조금만 더 높았어도 우리 모두는 그 빌어먹을 낭왕과 멋지게 한판 뜰 수 있었을 것이오."

광료가 나직이 불평을 늘어놓았다.

옥일평이 말을 받았다.

"차라리 말을 타고 왔으면 더 빨랐을 텐데."

영호선은 꿀 먹은 벙어리마냥 그저 입을 다물고 있었다. 예의 관음의 미소만 지은 채였다.

늘 영호선 편을 들었던 담석청도 입이 한 자는 튀어나온 상태였다.

"항마출정에서 우리가 제일 먼저 돌아가게 생겼군. 아무 성과도 없이 말이야. 훗날 설산으로 돌아가 사형제들에게 무용담을 들려줄 것도 없게 되고 말았어."

"아미타불. 영호 시주, 그렇게 행복한 미소만 짓고 있으니 소승이 아주 복창이 터지는구려."

제갈혜미가 빙긋 웃었다.

"너무 몰아세우지 마렴. 모두 무사히 귀환할 수 있게 된 것에 감사해야지. 내년 이맘때 이차 항마출정이 있을 테니 그때를 기약하도록 하자."

광료가 거의 들릴 듯 말 듯 나직이 불호를 외웠다.

"아미타불… 염병할……."

"말조심하렴."

"아미타불, 단주님께 드린 말씀이 아니었습니다."

"그건 알고 있다. 하지만 영호선도 얼마나 속으로 미안한 마음을 가지고 있겠니. 꼭 싸움이 일 때만 동료의 우애가 필요한 것은 아니다. 평상시에 곤란함에 처한 동료를 보듬어줄 수 있어야 진정 대협의 마음인 게다."

"아미타불, 죄송합니다."

제갈혜미의 꾸짖음에 장내 분위기가 무겁게 가라앉았다.

잠시의 침묵을 깬 것은 담석청이었다.

"하아, 과일이 아주 맛있는걸. 단주님도 하나 더 드시죠."

담석청은 젓가락에 과일을 찍어 직접 건네주었다. 그리고 광료에게도 과일을 건넸다.

"단주님께서 이해하세요. 그래도 광료가 땅에 매장됐던 이후로 욕이 많이 줄었으니까요."

세길혜미도 낯을 풀며 웃고 말았다. 당시 그녀도 광료가 묻힌 것을 직접 보았던 터였다. 광료의 머리는 햇살에 비쳐 반짝거리고 있었다.

광료는 별로 추억하고 싶지 않은 기억이라는 듯 '끙' 하고 짧게 신음성을 내더니 입을 열었다.

"아미타불, 그러고 보니 요 근래 몇 달 사이에 해괴한 일이 많이 벌어졌지요. 지금 생각해도 머리가 지끈……."

광료는 말을 잇지 못했다.

화산의 황빙빙이 면사 위로 드러낸 두 눈에 독기를 품고 바라보고 있는 것을 보았기 때문이다.

그녀는 최근 사건의 최대 피해자라고 할 수도 있었기에 천하의 광료도 더 이상 말할 용기를 잃어버렸다.

황빙빙은 항마칠단의 여정 중에서도 단 한마디도 하지 않는 기록을 세우고 있는 중이었다. 출정이 있기 전부터 연인인 서중휘도 한동안 그녀의 목소리를 듣는 것은 포기하는 게 좋겠다고 한숨을 쉴 정도였다.

광료가 말을 멈춘 것이 무슨 의미인지 잘 알고 있던 항마칠
단은 다시 침묵 속으로 빠져들었다.

제갈혜미가 황빙빙의 눈치를 보다 애써 아무렇지 않게 말
했다.

"자, 이제 각자 처소로 돌아가 쉬도록 하자. 내일 오전 중
으로 장주께 인사를 드린 후 바로 항마원으로 출발할 테니 일
찍 자는 게 좋겠다."

그 말을 기다리고 있었다는 듯 모두가 자리를 털고 일어섰
다.

"아, 피곤하네."

"그러게. 이상하게 피곤한걸."

"아미타불, 나만 하겠소이까."

"난 속이 안 좋네… 체한 것 같기도 하고… 흡……."

옥일평이 생각없이 지껄인 말에 정리되던 자리가 급속히
얼어붙었다.

황빙빙과 영호선을 제외한 모두가 옥일평을 향해 눈으로
'이런 머저리' 라고 외쳤다.

한방에 배정된 담석청을 뒤로하고 영호선은 후원 쪽을 거
닐었다.

반 시진이 넘게 투덜대는 소리를 듣고 있자니 머리가 지끈
거릴 지경이었다. 녀석들은 아쉬움이 가득할지 모르지만 영

호선으로서는 이보다 더 좋은 상황은 없었다. 문제가 발생한 철장방은 물론이고, 혹시나 근심했던 잠마원의 녀석들과의 조우도 내일 아침 일찍 복귀하면 그걸로 끝이었다.

조금 걷자 연못이 나타났다.

밤하늘에 둥실 떠오른 달은 반달에서 조금 더 줄어들어 푸근한 어머니의 눈웃음처럼 보기 좋았다.

"그리고 보니 잘 게시겠지?"

아버지, 어머니, 그리고 형들. 그러나 지금 집으로 돌아갈 수는 없었다. 형산에 입문하기 전 어머니의 말씀이 아직도 생생히 귓가에 어른거렸다.

"애야, 네가 선택한 길이니 최선을 다해야 한다. 십 년이다. 무엇이든 뜻을 이루기 위해서는 그 정도의 시간은 반드시 필요한 게지. 그동안은 집은 잊고 오직 형산만 생각하여야 한다. 필요하다면 그 이상도 상관없다. 나도 아버지도 우리 모두 너를 잊을 테니 너 또한 그리하거라."

십 년이면 앞으로 이 년이 더 남았다. 어머니의 성격으론 그전에 찾아간다고 해도 문전박대를 당할 게 분명했다. 그것이 바로 어머니였다.

형산에 입문하고 다시 잠마원에 이어 항마원까지. 삼마원에서 형산에 오를 때만 해도 집보다는 형산에서 사오 년 푹 처박혀 있을 생각이었는데 지금 상태로는 집이 그리웠다. 하지만 또 한편으로는 변해 버린 지금의 모습에 한숨이 절로 나왔다.

'이 꼴로 돌아가면 도대체 어떤 표정을 지으실지 궁금하네.'

연못의 잉어가 달빛 아래 느리게 유영하고 있었다.

그렇게 영호선이 상념에 잠겨 있을 때였다.

쉬익!

한줄기 날카로운 파공성에 영호선이 손을 뻗어 물체를 움켜쥐었다.

비수였다.

주위를 빠르게 둘러보았지만 괴괴한 어둠 속에 사람의 그림자는 어디에도 보이지 않았다.

비수가 날아든 방향으로 신형을 날릴까 했지만 그전에 영호선은 비수에 매달린 천 조각을 발견했다.

서둘러 펼쳐 본 영호선은 얼굴이 딱딱하게 굳고 말았다.

"늦었네. 나 먼저 잘게."

영호선이 처소에 들자, 한방에 배정된 담석청이 막 잠이 들려던 참이었는지 이불을 끌어당기며 몸을 돌렸다.

"네, 안녕히 주무십시오."

영호선은 공손히 말했지만 얼굴엔 수심이 가득했다. 담석청이 벽 쪽을 향해 돌아누운 터라 굳이 대자대비한 관음의 미소를 지을 필요가 없었다.

영호선은 맞은편 침상에 올라 눈을 감았다.

'제길, 잠이 올 리 없잖아.'

들어오기 전에 천으로 된 서신은 태워 버렸지만 거기에 적힌 말은 마음에 계속 울려 퍼지고 있었다.

영호선! 축시 초, 북쪽 관제묘 앞으로. 보고 싶군.

이름이 없었다면 정주에 연고가 없는 영호선으로서는 잘못 던져진 비수일 것이라고 생각할 수도 있었다. 그러나 그보다 더 명확한 것이 있었다. 서신의 끝자락에 적힌 두 글자.

잠마.

'보고 싶다고? 설마 유은령?'

비수를 사용하는 것과 보고 싶다는 말로 유은령이 제일 먼저 떠올랐다.

미친 사부가 항마원에 찾아왔던 것을 생각해 볼 때 유은령이 미친 척하고 잠마원에서 탈주했을지도 모를 일이었다.

짜증이 확 일었다.

유은령이라면 충분히 그렇게 하고도 남을 광녀였다. 그러나 곧바로 의문이 일었다. 유은령의 성격으로 따로 불러낸다? 게다가 그 건조하기 이를 데 없는 문구라니!

'아니야, 아니야. 유은령은 아니야.'

그럼 대체 누구란 말인가?

'게다가 내가 여기 있다는 걸 어떻게 알았을까?'

생각하면 생각할수록 머리가 복잡했다. 정주에서 세력 다툼이 인 것은 보운장과 철장방이었고, 철장방에서는 낭왕을 고용했다고 했으니 잠마원의 기재들이 정주에 오는 일은 없었을 것이 아닌가. 점점 생각이 거듭될수록 의문만 증폭될 뿐이었기에 영호선은 이불을 머리 위까지 뒤집어쓰고 입술을 깨물었다.

'만나게 되면 알 수 있겠지. 그런데 뭐라고 하지?'

축시가 되자 영호선은 담석청을 한 번 확인한 후 처소를 빠져나왔다.

보운장의 경비는 분쟁이 끝나서인지 상당히 허술했다. 하지만 경비가 삼엄하다고 해도 그다지 문제될 것은 없었다.

어둠과 한 몸이 된 채 영호선은 신속히 보운장을 벗어났다.

가는 도중 아직 등불이 밝혀진 객잔으로 들어가 관제묘의 정확한 위치를 물었다.

관제묘 근처에 이른 영호선은 매복을 우려해 그 주변을 샅샅이 수색했다. 다행히 어떤 매복이나 함정도 없었다.

이윽고 도착한 관제묘 앞은 적막감이 감돌아 공허하기까
지 했다.

청력을 돋워 주변의 소리에 귀를 기울였다.

풀벌레 소리며 바람에 흔들리는 나뭇잎 소리가 들렸지만
사람의 기척은 어디에서도 찾을 수 없었다.

한참을 기다려도 쥐 한 마리조차 지나가지 않았기에 관제
묘를 중심으로 두 바퀴를 빙 돌아 살폈지만 성과는 전무했다.

혹시 관제묘가 이곳 말고 다른 곳에 또 있나 하는 의구심이
들어 막 벗어나려 할 때였다.

"본녀가 늦고 말았네. 역시 군자검인가? 시간 약속이 확실
한걸."

여인의 목소리였다. 역시 유은령은 아니었다.

조금은 원숙해 보이는 목소리였다. 여인은 반대편 나무 위
에 두 발을 딛고 서 있었다.

달빛에 여인의 몸매가 드러났다.

전체적으로 날씬한 몸매. 그리고 여인은 금색 가면을 쓰고
있었다. 아름다운 음색과 달리 가면은 악귀가 입을 귀까지 찢
은 채 웃고 있는 모습이었다. 처절하게 조롱하고 있는 것 같
았다.

영호선이 물었다.

"누구냐?"

상내는 군자검이라는 별칭을 알고 있었다. 정체가 무엇인

지는 아직 모르지만 여인이 드러낸 정보들을 조합해 볼 때 자신의 거의 모든 것을 파악하고 있는 셈이었다.

군자검, 보운장, 보고 싶다, 잠마, 그리고 악귀 가면.

여인이 말했다.

"호호호, 누굴까? 어리석은 질문인걸. 본녀가 가면을 쓰고 나타난 것을 보고 그런 질문을 한다는 건 실례지. 가면을 쓴 보람이 없잖아. 그나저나 넌 꽤나 재밌게 살고 있더구나. 잠마원에 이어 항마원이라. 다음엔 과연 어디일까?"

"쓸데없는 호기심을 가지고 있군."

"왜 그래? 무섭게. 내게도 관음보살의 그 포근한 미소를 지어주면 좋으련만. 호호호호……."

"나를 보자고 한 목적이 고작 잡담을 나누려는 거였나?"

"아니. 감히 흡혈야차를 소홀히 대할 순 없는 노릇이지. 게다가 항마활불이기도 하잖아?"

"여러 번 같은 말을 하게 하는 건 신상에 해로워."

"호호호, 좋아. 진지해지도록 해보지. 본녀의 물음에 사실대로 대답해 주면 나도 솔직히 답을 하도록 하지."

"뭐냐?"

"잠마원에서 떠날 때 네게 작별을 고한 이는 누구지?"

"후후, 글쎄… 기억이 잘 안 나는걸."

"이야기가 통할 줄 알았는데 아쉽네."

"좋아. 사부라고 해두지. 내 대답은 여기까지."

"사부? 좋은 스승을 두었구나. 하지만 내가 물은 건 관계가 아니라 누구냐였다는 것을 기억해 주었으면 좋겠다만……. 역시 말을 하지 않을 것 같군. 좋아, 나도 흡혈야차에게 피를 빨리고 싶은 마음은 없으니 이쯤에서 그만두지. 자, 무엇이 궁금한 거냐? 역시 내 정체려나?"

영호선이 묵묵히 노려보는 것으로 대답을 대신하자 여인이 밀했다. 목소리가 자못 진중해졌다.

"천살환영대! 지존의 호법대에 속해 있다. 지존께서는 네가 잠마원을 떠난 것을 애석해하고 계신다. 지금이라도 돌아오면 기꺼이 불충을 용서하시고 가까이 두시겠다고 하셨지. 지존께서 관심을 가진 것을 영광으로 생각해야 할 것이야."

"흥, 관심은 고맙지만 정중히 사양하도록 하지. 나는 마도련이든 무림맹이든 크게 마음에 두고 있지 않으니까. 그냥 나를 잊는 것이 최선이라고 해두지."

"흐음… 예상은 했지만 꽤 실망스럽군. 좋아, 생각할 기회를 주도록 하지. 연락하겠다. 다음에 만날 때는 서로 웃는 낯으로 보길 바라겠다."

"이대로 보낼까 보냐. 나는 얼굴이라도 봐야겠다."

영호선이 신형을 날렸다.

"다음에, 다음에……."

여인이 손을 펼쳤다. 그러자 수백 개에 이르는 은침이 달빛에 반짝이며 쏟아졌다.

영호선은 검을 뽑아 호선을 그리며 허공에 그었다.

은침은 검기의 막에 부딪쳐 영호선의 목전에 우수수 떨어져 내렸다. 그러나 그사이 여인의 모습은 사라지고 없었다.

"쫓아오지 않는 게 좋을 거다. 보운장에 선물을 마련해 두었으니까 받아보면 기쁠 거야."

여인의 음성은 처음에는 또렷했지만 끝 부분은 들릴 듯 말 듯 희미했다. 신법이 절륜하기 이를 데 없었다.

'선물?'

영호선은 여인을 쫓는 걸 포기하고 신속히 보운장으로 신형을 날렸다.

아슬아슬하던 줄타기는 끝났다. 마도련을 지나치게 쉽게 생각했다 싶기도 했다.

사부가 가자고 했을 때 떠났어야 했다.

형산을 버릴 수 없어 망설였으나 이젠 백일하에 모든 것이 드러나 버리고 말았다. 오랫동안 잠적하기에 잠마원의 지하 동부만 한 곳이 어디에 있을까.

꼬리에 꼬리를 무는 생각 속에서도 영호선은 신형을 더욱 빨리했다.

선물이라는 말은 설레임을 주기에 충분하지만 잔혹하게 웃는 악귀 가면과 겹쳐지니 불안을 떨쳐낼 수가 없었다.

"흡!"

보운장 부근에 이르렀을 때 영호선은 비릿한 냄새에 침음

성을 흘렸다. 익숙한 냄새, 혈향(血香)이었다. 심장이 미칠 듯
이 뛰었다.

이내 불안은 현실이 되었다. 담을 넘자마자 여기저기 주검
이 보였다. 보운장의 무사들이 아무렇게나 널브러져 있었다.

'안 돼! 제발… 제발……'

처소로 곧바로 치달려가 방문을 열었다.

"담석청!"

담석청은 무릎을 꿇고 있었다. 심장 부위엔 비수가 박혀 있
었다.

"영… 호… 선……"

입을 벌릴 때마다 왈칵거리며 피를 게워냈다.

영호선이 담석청을 붙들었다.

"담석청, 죽으면 안 돼! 이럴 순 없어."

그러나 담석청의 고개는 힘없이 앞으로 꺾였다.

"으아아악!"

영호선이 담석청을 끌어안고 절규했다.

하지만 나타나는 사람은 아무도 없었다.

「잠마검선」 4권 끝

共同傳人

공동전인

설경구 新무협 판타지 소설

마교를 재건하라.

혈마옥에 갇히며 마교 장로들의 공동전인이 된 사무진에게 주어진 과제.
역사상 가장 착한 마교의 교주.
하지만 역사상 가장 강한 마교의 교주가 되고 싶다.

고정관념을 버려요.

마교도라고 해서 꼭 나쁜 놈일 필요는 없잖아요.

지금까지와는 다른 마교.

이제 사무진이 만들어가는 새로운 마교가 모습을 드러낸다.

설봉 新무협 판타지 소설

환희밀공

무유 칠덕(武有七德), 금폭(禁暴), 집병(戢兵), 보대(保大),
정공(定功), 안민(安民), 화중(和衆), 풍재(豐財), 자야(者也).
〈좌전(左傳), 선공 십이년(宣公 十二年)〉

무에는 일곱 가지 덕이 있다.
첫째, 난폭을 금지한다. 둘째, 무기를 거두어들인다. 셋째, 큰 나라를 보전한다.
넷째, 공적을 정한다. 다섯째, 백성을 편안하게 한다. 여섯째, 대중을 화합하게 한다.
일곱째, 물자를 풍부하게 한다.

섬서성(陝西省) 육반산(六盤山)에 신력(神力)을 바탕으로
패공(覇功)을 구사하는 가문(家門), 육반루가(六盤婁家).
세상에게 외면받고 멸시당하는 환희교(歡喜敎).
육반루가의 후손과 환희교 교주의 운명적인 만남.

"넌 환희교를 지키는 수문장(守門將)이 될 거야.
강하게, 아주 강하게 키워주마."
'아버지처럼 죽지 않을 거야. 아무도 날 죽일 수 없어.
세상에서 최고로 강한 사람이 될 거야.'

태룡전

김강현
新 무협 판타지 소설

내가 이곳 미고현에 위치한 천망칠십오대에
온 지도 벌써 두 달이 넘었거든.
그런데 아직도 이해하지 못한 일이 하나 있어.
그게 뭐냐고? 우리 대주 말이야.
우리 대주님이 가장 좋아하는 게 뭔지 아나?
바로 침상에서 좌우로 데굴데굴 굴러다니는 거야.
그다음으로 좋아하는 게 그렇게 뒹굴다 잠드는 거고…….
나려타곤(懶驢打滾)!
더도 덜도 아닌 딱 우리 대주님을 지칭하는 말일세.

천망칠십오대 대주 단유강!!
격동의 무림은 그에게 휴식을 허락하지 않는다.
단유강, 그의 일보가. 천하를 떨쳐 울린다!

유행이 아닌 자유추구 -
WWW.chungeoram.com
Book Publishing CHUNGEORAM